An Cúigiú Díochlaonadh

AN CÚIGIÚ DÍOCHLAONADH

Dáibhí Ó Cróinín

Cló Iar-Chonnachta,
Indreabhán, Conamara, Éire

CAIBIDEAL A hAON

Cuimhnigh, a pheacaigh, go dtiocfaidh an lá úd
Go mbeidh an spéir dearg agus an fharraige ina lánstad

Bhí fear ann fadó, ach má bhí níl sé ann a thuilleadh,
mar do cuireadh é fén bhfód go doimhin i gclúid na cille
— do bhailigh sé leis, tá's agat. B'é mise an fear san. Is
dóigh liom go bhfuaireas bás tráth éigin i rith mo shaoil,
ach ní cuimhin liom anois é. Deir na comharsain gur
díomhaointeas fé ndear é, ach níorbh ea. Níorbh fholáir
chun réiteach na ceiste sin d'fháil gach a bhfuil de lucht
foghlama sa chomharsanacht a ghlaoch isteach, nó,
b'fhéidir, coiste poiblí do chur ar bun chun an ghnótha.
Ach ní fheadar an mbeadh suim ag éinne sa cheist.

Chun scéal mo bháis a insint i gceart ní foláir dom
miontagairt a dhéanamh dosna nithe a thit amach sa
chomharsanacht nuair a bhíos ar tí bás d'fháil.

Tá baile fearainn in áit áirithe ar a bhfuil ainm áirithe
agus cé gurbh é a chuir chun na hoibre seo mé b'fhearr
liom gan a insint daoibh cá bhfuil sé ná cad is ainm dó.
Tá fáth maith leis sin agus má fheitheann sibh b'fhéidir go
mbeadh a fhios agaibh ar ball é.

Istigh i dtigh tábhairne ar an mbaile seo a fuaireas mé
féin lá, ag féachaint uaim anonn ar na buidéil bhreátha go
léir a bhí i mbun a suaimhnis ar sheilf — réiltíní an tseaca
orthu, chómh cruthantaiseach is do chonaicís riamh. Bhí

piúnta á líonadh d'fhear a bhí ar m'aghaidh anonn, agus an diabhal puinn broid a bhí ar an mbiatach a bhí á líonadh, ach é ar a sháimhín dó féin, fé mar a bheadh na céadta blian dá shaol roimis. Sa deireadh thiar thall bualadh an t-árthach ar an gcuntar chun mo dhuine agus do glanadh siar. Leogas mo shúil ar an mbeirt nó triúr a bhí in éineacht liom sa bhothán agus ar na piúint a bhí os a gcomhair.

Do bhí a phiúnta féin ag gach éinne sa timpeall agus 'na dhiaidh san ní raibh aon aidhm acu ar é a ól. Bhí sé mar a bheadh bia ó bheolaibh acu, aghaidh gach éinne ar a ghloine féin. Do bhí fear an tábhairne ag féachaint amach tríd an bhfuinneoig a bhí ar a chúl agus m'fhocal duit gurbh álainn an radharc a bhí le feiscint tríd an bhfuinneoig — brat sneachta a bhí reoite agus athreoite ar an dtalamh agus ar dhíon na dtithe. D'fhéachas arís ar mo phiúnta, agus b'in é an piúnta nár fhás as mo bhróga! Ar chuma éigin do shamhlaíos go raibh sé suite síos san árthach, fé mar a bheadh ceann fé air. Níorbh aon ní é sin, áfach, i gcomórtas leis an gceann fé a bhí orm féin. Sara rabhas as mo mhachnamh, áfach, do labhair an Gáirleach amach as a bhéal (mar ba dhual do).

"Dá bhfiafraithí dhíomsa," ar seisean, "cad é an rud is mó go bhfuil gá ag ár muintir leis i láthair na huaire ní bheadh aon mhoill orm a rá gurb é carn mór airgid é. Sa chás ina mbímíd níl ár ndóthain airgid le fáil."

Do thugas-sa súilfhéachaint de thaobh mo leacan ar an bhfear a bhí ar m'aghaidh amach, ach ní dúirt sé focal. Níor thug an bheirt eile aon aird ar an gcaint, ach d'fhéachadar idir an dá shúil ar a chéile agus ormsa, agus leogadar siar síos díobh í. Labhair an Gáirleach an tarna huair:

"Is uafásach an galar an gátar," ar seisean. "Is mó duine maith a thug fé le cuimhne na ndaoine, ach níor éirigh le héinne acu an galar a chur i ndiaidh a chúil. Is deocair an lámh uachtar a fháil ar an rud ná feicfir."

Do gháir an Niallach agus ba dhóite an gáire a dhein sé — geall leis go n-adhanfadh sé an tine dhuit. Do thugadh an gáire sin an bua láithreach dó ar an muintir a bhíodh ag aighneas leis. Ní fheaca ná ní chuala riamh in aon bhall dá rabhas ag aon daonna rud ba mhagúla a's dob' fhonóidí a's ba mhó a chuirfeadh míshuaimhneas ort ná an gáire sin. Do leog mo dhuine smuta gáire arís as a's do chuimil a chuid féasóige lena lámha. I gcionn tamaill do labhair sé:

"Ní raibh an tarna dul suas riamh," ar seisean, "ag fear an ghátair. B'é an saol an máistir agus bhí a shaol ar a thoil aige."

"Níl aon easnamh ar lucht an Tí Mhóir thíos," arsa mise.

"Ó, chomh siúráltha is atá an deoch san id' láimh agat!" arsa an Gáirleach, ach uim an am go raibh an méid sin ráite aige bhí na gloiní folamh.

"Níl aon deoch im láimh agam ach gloine folamh," arsa mise. "Sea, lean ort."

"Do chuireamair iarraidh ar phiúnta eile an duine agus níorbh é a locht a luighead. Bualadh ar an mbord chughainn na piúint agus iad lán go fuarc. Do tharraing an Niallach chuige píopa deas gléasta a bhí aige. Bhí sáthlóigín fanta ann ó mhaidin agus ba ghearr ar mo dhuine tine a chur ar an ndúidín agus gal a shúgadh is do shéideadh.

"Tá seift agamsa," arsa an Gáirleach ar leanúint, "chun ár ndóthain airgid d'fháil."

9

"Agus cad é an seift é sin?" arsa mise.

"Goidfimíd as an dTigh Mór é," ar seisean.

"Airiú, díchéille, a dhuine!" arsa an Niallach.

"Cogar i leith chughamsa neomat," arsa mise leis an nGáirleach. "Ná hardaigh do ghuth mar tá daoine éigin sa chábús thall. Tá a lán acu san agus níl uathu ach bheith ag éisteacht le daoine ag caint i dtreo's go bhféadfaidís an chuid eile den tseachtain a thabhairt ag tromaíocht orthu."

"Cad é an díchéille seo á rá agat?" arsa an Niallach arís.

"Feith agus ná fiafraigh," arsa an Gáirleach, "agus tiocfaidh an chuid eile den scéal in aisce ort."

Níor labhair éinne eile againn go ceann tamaill. Bhíomair ag féachaint ar a chéile agus sinn mar a bheimís ag fonóid féna chéile.

D'éirigh an Gáirleach aniar de phreib ansan agus sháigh a cheann isteach eadrainn.

"Chífidh mé arís sibh," ar seisean — agus is i gcogar a dúirt sé é — agus chuir sé an doras amach dó 'na bhó aonair.

Níor chuireamair mórán suime sa scéal. Shíleamair gur seachrán scéil ab ea é ná raibh bun barr lár ná leathimeall leis. D'aimsíos féin mo hata agus mo bhata agus d'imíos amach i ndiaidh an Gháirligh.

* * * *

Lá nó dhó ina dhiaidh san do ghlaos thiar istoíche ar an nGáirleach, ach ní raibh tásc ná tuairisc air agus nuair a chuireas a thuairisc dúirt an tseanabhean de mhnaoi atá aige liom gur sa tsráid a bhí sé agus gan aon ghnó sa tsaol aige ann ach an dúil a bhí aige sa lionn. Bhuaileas isteach sa tigh tábhairne ba ghiorra dhom le súil go dtiocfainn thairis. Bhí gasra ag an gcuntar ag ól agus ag cuir síos dá chéile, mar a bhíonn a leithéidí i gcónaí. Níor chuas ach chomh fada leis an dtáirsigh a's do chuir leath-cheann orm féin, féachaint an bhfaighinn aon radharc ar an nGáirleach. Is dócha go raibh a shúil in airde ag an nGáirleach féin, féachaint an dtiocfainn á lorg, mar do chualas ó chroí-dhoircheacht an tábhairne é á rá:

"Airiúise, an tú san, a Cheannaí?"

"Is dócha gur mé," arsa mise, "agus ní fheadar."

Ar theacht i ngiorracht dó dhom chonac go raibh an bheirt eile 'na suí istigh sa chábús in éineacht leis.

"Tá scéal ag an nGáirleach duit," arsa an Niallach liom.

"Cad é féin?" arsa mise.

"Go réidh, a bhuachaill, go réidh," a dúirt an Gáirleach, agus tharraing sé píopa amach as a phóca. Níorbh fhada gur airíos balaithe an tobac agus chonac gal ag gabháil in airde agus na cuileoga bochta a bhí socair síos i gcomhair na hoíche ar na frathacha, chaitheadar aistriú. Chrom sé anonn chun na tine, rug ar aithinne leis an dtlú agus thoisigh air ag deargadh a phíopa. Nuair a bhí an dúidín ag tarraingt ar a shástacht aige thug sé amharc thart as íochtar a mhalaíocha ar an gcomhluadar agus labhair go sollúnta.

"Tá sé beartaithe agamsa agus ag an mbeirt eile seo," ar seisean, "an Tigh Mór a robáil oíche amáireach."

D'fhéach fear an chúinne ormsa agus níor fhan aon fhocal agam. Sa deireadh ghlanas mo scornach agus d'fhiafraíos de an raibh sé dáiríribh.

"Nothin' surer", ar seisean go híseal.

"Bhuel, bhuaigh an méid sin ar a chualas-sa riamh,"

arsa mise.

"An raghair linn?" arsa an Niallach, agus grod go maith a dúirt sé é. Ní dúrtsa focal ar feadh tamaill. Sa deireadh d'fhreagraíos é.

"Níl aon aidhm agam air."

"Airiú, cad 'na thaobh ná beadh aidhm agat air?" arsa an Niallach — "Beimíd inár bhfear mór milliún ar an dtaobh istigh de sheachtain!"

"Bheadh an scéal ar fheabhas," arsa mise, agus súil á caitheamh agam ar fhear an tábhairne go raibh a chluas in airde aige, "dá mb'áil leis an bhfear thall aire a thabhairt dá ghnó féin agus gan bheith ag ardradharc agus ag scrogaíl, féachaint cad a bhíonn ar siúl agamsa."

Bhain an Gáirleach an píopa amach as a bhéal agus ghread smugairle le fuinne agus le cruinneas isteach i gcroílár na tine.

"Beidh an Fear Mór agus a bhean as baile oíche amáireach," ar seisean, "agus ní bhfaighimíd seans níos fearr ná mar atá againn."

Leis sin, do shloigh sé bunleath an phínt a bhí os a chomhair d'aon iarracht amháin agus d'aimsigh a hata.

"Beimíd anso oíche amáireach," ar seisean, agus chuir sé an doras amach de gan a thuilleadh moille. D'éirigh an Niallach ina shuí agus d'imigh, leis, port breá feadaíola aige ag dul amach dó. Ní raibh fágtha i gcábús an tábhairne ansan ach Pinns agus mé féin, agus níorbh aon chos ar fóidín eisean ag gabháil in aon bhall. Do bhíos ag machnamh ar an gcás ina rabhas agus má bhíos, dob é machnamh an duine dhoilíosaigh agam é. Sa deireadh bhí ar an mbeirt againn aghaidh a thabhairt ar an mbaile, agus bhailíomair linn.

CAIBIDEAL A DÓ

Is gnáthach nuair a bhaintear codladh na hoíche de dhuine, gur rud a bhaineann leis féin fé ndear é. Is minic a thugas oíche i dtigh ósta agus go mbeadh sé chomh maith agam gan dul in aon leabaidh ann. Malairt leapan fé ndear é seochas an leabaidh go mbeadh taithí agam uirthi. Déarfá rud éigin dá mbeadh starragán de leabaidh fút nárbh fhios cad é an neomat a thitfeadh sí as a chéile agus dá dtitfeadh, go mbrisfeá do dhrom i gcoinne na gcláracha; nó leaba ná beadh pioc den tocht inti ach amhail mar a bheadh clár go dtabharfá leath na hoíche ag gabháil de dhóirnibh air, féachaint an mbogfadh aon ní é. Ach níorbh in é an scéal an oíche seo.

Bhíos istigh sa leabaidh sarar bhuail sé a haondéag agus gan aon choinne agam ná go mbeinn im sháimh-chodladh laistigh de chúig neomataí. Bhuail sé a dódhéag — bhuail sé a haon — bhuail sé a dó — agus níor thit tionúr ar mo shúil. Bhíos ag únfairt agus ag lúbarnaigh agus ag casadh chun mé féin a cheartú isteach is amach — tamall mar so agus tamall mar súd agus tamall ar gach aon chuma. Ní raibh aon mhaith ann. Thugas dhá uair an chloig a d'iarraidh áiteamh orm féin gurbh fhearr dhom éiriú agus saghas éigin dí a fháil dom féin. Bhíos i gcás idir dhá chomhairle, féachaint arbh fhearr dhom éiriú go fóill, ach bhí an aimsir chomh briste agus a bhí sí aréir roimis sin agus ba thuigithe d'éinne gurbh olc an t-ionad cistin fhuar fholamh don té gur bhaol go mbeadh slaghdán i ngreim scornaí ann dá n-iompódh an ghaoth.

Mar sin féin d'éiríos aniar sa leabaidh agus scramhaíos mo cheann. Lena linn sin do labhair an guth bog caol im chluais agus do chomharlaigh dom gan cor a chuir dem bhuanaigh chun dul in aon bhall, go raibh an mhaidean brocach salach agus cárbh fhios ná gur marbh a gheofaí mé dá dtagadh aon lagachar orm sa chistin. Shocraigh san an scéal dom. Chúbas chugham agus níorbh fhada go raibh na smaointe fánacha ruaigthe as mo cheann agus go rabhas im sháimh-chodladh. Bhí an codladh ag dul dom mar bhíos tar éis furmhór na hoíche roimis sin a thabhairt ag únfairt agus ag lúbadh agus ag lútáil agus mé ag dian-mhachnamh ar a raibh le tarlú lárnamháireach. Is dócha gur dheineas codladh gaiscí mar níor dhúisíos go dtí go raibh an oíche dhubh ann, agus ar ndóin, ní fheadarsa cad é an fhaid a bhíos im chodladh. 'Sé an trua é nár bhaineas níos mó tairbhe as an gcodladh san mar ní raibh codladh eile agam arís mar é. Bhíos ag feitheamh leis an gclog, féachaint cathain a bhualfadh sé — agus b'in an feitheamh fada.

D'fhágas an leaba in am míthráthúil tráthnóna, timpeall a naoi a chlog ab ea é. Duine ab ea mé ná cimileadh bas uisce dom cheannaithe de ghnáth ó cheann ceann na seachtaine, agus ná cíorfadh mo chuid gruaige agus gur ar éigin a dhúnfainn mo bhróga. Ach an mhaidean so, chun an t-am a mheilt, ta's agat, dheineas an uile ghnó acu. Nuair a tháinig an oíche sa deireadh chuireas solas íle isteach i mála, bhuail chugham fé m'ascaill é agus do chaolaigh liom soir an bóthar.

Bhí sé i gcomhrac lae is oíche nuair a bhuaileas amach i gcorp na sráide chun siúl i dtreo an bhaile. Do tháinig an oíche aniar gur bhuail leis an lá thoir; do bhuaigh an oíche ar an lá agus, uime sin, bhí an lá leis an oíche, i bhfoirm. An ghaoth aduaidh go fírinneach agus dealramh mór chun tiormaigh air. B'in é díreach an rud a bhraitheas air agus mé ag gabháil suas an bóthar. Bhíos ag féachaint mórthimpeall orm agus ag ardradharc go bhfeicfinn éinne a bhí sa tsráid. Ach ní raibh éinne ar an mbóthar, ná sna goirt a bhí ar dhá thaobh de. Bhí an ghrian díreach tar éis dul fé. Ar chúis éigin, sarar shrois liom dul suas go dtí an baile tháinig allas tríom amach agus píobarnach im chluasa,

"B'fhearr do dhuine bheith ag obair," arsa mise liom féin, "ná fios a ghnótha bheith aige."

Bhí sé déanach go maith nuair a shroiseas an tigh tábhairne agus bhí an triúr eile ann romham. Bhí gloiní leath-fholamha os a gcomhair acu, ach ní raibh mórán suime agam féin sa digh. Ní fheadar ceocu a d'iarraidh an dubh a chur ina gheal orm a bhíodar nó a d'iarraidh an geal a chur ina dhubh. Shíleas fós gur ag magadh fúm a bhíodar an oíche fé dheireadh, agus dúrt:

"Conas tá an oíche, nó cá bhfuil an ghaoth?"
Nuair ná gáirfeadh éinne eile do gháireas féin.

"Cad d'imigh ort?" arsa an Niallach.

"Mo dhóthain," arsa mise go grod gairid. Dá bhfeicfeá an fhéachaint a thug sé orm!

"Ólfair piúnta?" arsa an Gáirleach.

"Ní ólfad," arsa mise.

"An diabhal ná raibh ort!" ar seisean. "Is fada go mbéarfaidh sé ar a dhriotháir críonna!"

"Dhá phiúnta," ar seisean ansan le fear an tábhairne, agus níorbh fhada gur bualadh le pleanc anuas ar an mbord iad os ár gcomhair.

"Ól é sin," ar seisean liomsa. "Ba dhóigh le duine ort gur buidéal dochtúra a bhí ann."

Bhí Pinns istigh sa chúinne agus oiread agus aon fhocal amháin níor tháinig as a bhéal amach fé mar a bheadh sé gan anam gan urlabhra. Do shamhlófá go raibh atharrach crutha tagaithe ar a ghnúis agus le neart faitíosa bhí dath gorm tagaithe air. Bhí gach ní ar deil chun an ghnótha ag an mbeirt eile.

"Ar rugais leat an solas?" arsa an Niallach liomsa. Do thiospáineas dó é.

"Déanfaidh sé an gnó go hálainn," ar seisean.

Amach i dtreo uair an mheánoíche phreab an Gáirleach ina shuí agus chuir lámh ina phóca. Tharraing sé aníos uaireadóir beag airgid as. D'fhéach sé anonn ar an gclog ar an bhfalla agus dúirt go raibh sé ag tarrac ar uair an mheán-oíche.

"Measaim go bhfuilimíd i ndiaidh lámha i gcúrsaí," ar seisean. "Sleamhnódsa amach agus sleamhnaíodh sibhse amach im dhiaidh."

Ar a dódhéag a chlog, díreach ar an mbuile, d'oscail sé doras an tábhairne chun súilfhéachaint a thabhairt ar an tsráid, is ní fheaca sé samhail. Shleamhnaigh sé amach ansan agus dhún an doras ina dhiaidh. D'fhágamair an tábhairne 'nár nduine is 'nár nduine agus chruinníomair le chéile arís ag bun na sráide. Bhí sé chomh dorcha ciúin ná haireófá duilliúr ag corraí in aon bhall id' chomhgar. Bhí sé chomh —

"Comáin leat!" arsa an Gáirleach go garbh liomsa. Do bhí scamaill ghránna bhoga bhána bhriste ag éirí aniar 'na gcaisleáin in airde. Do shamhlófá go raibh an spéir féin ag réiteach chun na hoibre.

Níor leanamair an bóthar in aon chor, ná níor ghá

16

dhúinn é, mar bhí seana-chasán ag gabháil suas go cruinn i gcoinnibh an chnoic na aithghiorra, agus thógamair an cóngar. Ní raibh an tríú cuid de mhíle slí curtha dhínn againn nuair a casadh orainn, ar imeall na coille, an Tigh Mór. Ar theacht i láthair an tí sin dúinn bhí gach éinne chomh ciúin leis na mairbh. D'fhéadfaí fuaim sciathán beiche bige a chlos, dá mbeadh sé ann — rud ná raibh. Bhí sé i ngiorracht leathmhíle dhúinn sa tsráidbhaile, an *Great House* ba bhreátha a chonaicís fós riamh, agus cé ná raibh sé i ndán domhsa aon chuireadh a fháil chun dul ann ní hamhlaidh ná gur dheineas mo shlí isteach ann uair nó dhó im chuireadh gan iarraidh. Ní raibh sé i ndán dom an cuireadh a sheachaint an uair seo.

Ní raibh d'aithne agam ar phiaire an Tí Mhóir ach go bhfeicinn ag teacht a's ag imeacht é — fomarach mór de ghluaisteán fé. Bhí sé socraithe cheana féin againn go raghadh an Gáirleach agus an Niallach isteach sa Tigh, go bhfanfadh Pinns taobh amuigh den bhfuinneoig ag faire, agus go mbeinnse im fhear fartha in aice an gheata, fé chlúdach na gcrann. Bhíos ar mo chrobhna ansan ar an dtaobh istigh den bhfalla ard agus toisc go rabhas chomh cóngarach don gheata bheadh radharc agam ar an ngluaisteán dá mb'é go gcasfadh sé isteach an geata.

Chuaigh an bheirt, an Niallach agus an Gáirleach, i mbun na hoibre agus bhíodar chomh hoilthe sin ar an gceird is dá mbeadh meigeall go talamh orthu. B'iúd ag dreapadóireacht in airde ar an bhfalla iad, agus isteach tríd an bhfuinneoig leo, mála 'na láimh acu araon. Bhriseadar an fhuinneog gan a bheag ná a mhór d'fhothram a dhéanamh agus bhíodar istigh. Cé go raibh an oíche dorcha go maith ní leofaidís an solas a bhreith isteach leo. Ar an dtaobh amuigh den tigh bhí Pinns sáite isteach i mbléin an fhalla agus é ag feitheamh leo.

Bhíos ansan ar feadh uair an chloig ar a luighead agus na cnámha ag polladh an chroicinn agam le hocras agus le faitíos, ach fós ní raibh tásc ná tuairisc ar an mbeirt istigh. Bhíos ansan ar feadh dhá uair an chloig agus ba shia gach uair acu san ná bliain. Bhí a ghruaig á cíoradh ag Pinns lena mhéireanna. Ansan d'éirigh sé ina shuí de phreib agus bhailigh leis timpeall chúinne an tí. Níor thugas aon aird air seo, ach nuair ná raibh sé ag filleadh thar n-ais i gcionn leathuaire bhíos ag éirí imníoch. Chromas ar bheith ag comhaireamh na neomataí, ach fé dheireadh chuireas m'fhaitíos im phóca agus bheartaíos ar m'aghaidh a thabhairt ar an dtigh. Nuair a thánas ar aghaidh an tí amach d'airíos go raibh an doras ar leath-oscailt. Do chomáineas romham isteach é go bog agus thugas sracfhéachaint timpeall an phóirse. Ba bheag ná go mbainfeadh an balaithe gránna a bhí ann an anáil de dhuine. Nuair ná raibh aon ní ná aon duine ag teacht im choinnibh bhuaileas liom isteach níos doimhne sa tigh.

Chuardaíos timpeall agus chuas isteach i seomra i gcúl an tí go raibh solas ag leathadh amach as. Do bhí tine bhreá dhearg sa seomra romham agus cat mór dubh agus madra buí ar aghaidh na tine amach. B'in a raibh ann. Ar theacht i ngiorracht don tine dhom, áfach, thugas fé ndeara go raibh clúimh an mhadra leathdhóite ach ná raibh corraí as, ná as an gcat ach chomh beag. Ansan d'airíos sruthaínín dearg ag leathadh amach ar fuaid na seiche — fuil. Thuigeas ar an bpointe sin go raibh na hainmhithe marbh. D'iompaíos ar mo chúl chun dul amach as an seomra nuair a chonac, istigh i gcúinne an tseomra, boirdín beag agus é leagaithe amach go néata. Bhí coinneal ar lasadh ag ceann an bhúird agus é socair isteach in árthach uaine ghloine, agus ar an dtaobh thiar de bhí fear ina shuí ar chathaoir. Ba chirte dhom a rá go raibh sé ina leathshuí agus ina leathluí agus ina leathsheasamh ar an gcathaoir sa chúinne. Bhí déantús ubh gé ar a cheann, gan ruibe gruaige, ach b'fhollas dom go raibh an ceann céanna sna bloghtracha smidiríní. Nuair a chonac mar sin é do shéid cóta fuarallais amach tríom. Ní raibh gíocs ná míocs as.

"Tá sé chomh marbh le hArt," arsa mise liom féin. Ar éigin a bhí an focal as mo bhéal nuair a chuir sé liú bhuile as agus díreach fé mar a déarfá 'Dein dom é', thit sé ina chnaipe síos ar an urlár. Ní cuimhin liom anois cad eile a bhí sa tigh úd, mar do mhothaíos go raibh neamh-mheabhair éigin ag teacht orm. Ní rabhas ach díreach scartha leis an dtigh agus fé scáth na gcrann arís nuair a tháinig an carbad mór dubh agus ceathrar istigh ann, beirt fhear agus beirt bhan, an geata isteach. Le féachaint ar an seana-dhéantús gránna déarfá nárbh fhios cad é an neomat a thitfeadh sé as a chéile. Níor chuireas corraí asam. Thug na fir fé ndeara go raibh an doras ar oscailt (im dhiaidh, tá's agat) agus dheineadar gáire ard amach as croílár a mbróga ar chúis éigin nárbh fhios dom. Bhailíodar isteach leo ansan a gceathrar agus dúnadh an doras ina ndiaidh. Ar éigin a bhí an doras dúnta nuair a cuireadh screadach buile b'uafásaí dár chuala riamh amach as béal na mban. Spriúchadar agus bhéiceadar agus d'imíodar fiain ar fad leis an ngeit a baineadh astu. Uim an am go rabhas-sa scartha leis an áit bhí an doras ar lánoscailt arís agus duine desna fir ar ard a chosa chun fios a chuir ar na gardaí.

CAIBIDEAL A TRÍ

Is mó drocheagar a fuaireas ar mo shlí abhaile dhom, mar bhí an oíche ard-dhorcha agus gan aithne mhaith agam ar an gcosán. D'airíos, agus mé idir bheith im chodladh agus im dhúiseacht, smaoineamh fánach ag gabháil treasna mo chinn. Nuair a bhíomair ag scarúint lena chéile um thosnú ar an robáil dúinn, dúirt an Niallach go mbuailfimís umá chéile i gcionn cheithre uaire i mbothán a bhí pas gairid taobh thiar dá thigh féin, agus go mbeadh oíche mhór fhada againn ag cur síos dá chéile. Níor stad cos díom gur bhaineas amach ceann mo riain, ach b'uafásach an turas dom é. Bhí doircheacht éachtach ins gach aon bhall im thimpeall agus bhí an ceo ina thulcaíbh ar an dtalamh ar gach taobh díom.

Amhastrach an ghadhair do chéad chuir in úil dom go rabhas i ngiorracht don bhothán agus, is dócha, a chuir in úil dosna daoine a bhí istigh go raibh duine éigin ón saol amuigh chuchu. Ach sara raibh sé d'uain acu féachaint amach tríd an bhfuinneoig b'eo isteach mé, an té go raibh an gadhar ag deargadh beara air. Níl aon náire orm a rá go raibh sceon im dhá shúil ar theacht isteach dom, agus go raibh ladhb dem theangain amach le neart saothair. Dhúnas an doras im dhiaidh agus d'fhéachas ar a raibh sa bhothán.

Bhí an triúr romham sa bhothán, maith go leor — an Niallach agus an Gáirleach ag imirt chártaí, agus Pinns

thuas in aice na tine agus é ag déanamh bóithríní sa luaith
le cipín. Is deocair a mheas i gceart cad é an ionadh a bhí
orm nuair a chonac an triúr acu agus iad ar a sáimhín
dóibh féin in aice na tine, tar éis a raibh feicithe agamsa
thuas sa Tigh Mór. Is dócha gur thosnaíos ag cur síos sna
briathra meara meascaithe ar a raibh titithe amach dom,
mar dúirt an Niallach liom, sara raibh a leath ráite
agam —

"Tarraing t'anáil!" (ar eagla go scloigfinn, is dócha).
Do tharraing.

Tháinig sé os mo chomhair amach ansan agus dúirt:

"Fanaimís anso ar feadh scaithimhín, go n-itheam
greim bídh is go gcuiream ár gcuid tuirse dhínn. Tabhair
dhom na cártaí agus beidh cluiche againn," agus tharraing
cathaoir chuige féin.

"Cártaí!" arsa mise. "Tá'n tusa chun cártaí a imirt
agus fear fágtha agat marbh id' dhiaidh sa Tigh sin thuas!"

D'éirigh Pinns de phreib ar chlos so dhó. Do tháinig
crith cos is lámh air.

"Marbh?" ar seisean, agus corraí ina ghlór. "Cé tá
marbh? — Cad a bhí ar siúl agaibhse? — Dheineabhair
an dubh ar dhuine éigin! — Inis dom é! — Cad a
tharla?"

"Coisc suas do bhéal!" arsa an Niallach. "Fág uainn
an gála! Níl éinne marbh sa dúthaigh seo. Tá Ceannaí ar
bhog-steil."

"Nílimse ar meisce," arsa mise, "ná ar meisce. Bhíos
istigh sa Tigh Mór agus tá an piaire marbh ann. Dhein
duine éigin crústa dá cheann."

Ba bheag nár thit Pinns i gceann a chos le scanradh
agus le neart faitíosa. Tháinig lagachar ansan air.

"Níl éinne marbh sa Tigh Mór," arsa an Niallach arís,

agus ba dhóigh le duine ar an imeacht a bhí fé ná leáfadh an t-im ina bhéal. Do bhí leathchuma á dhéanamh aige ar Phinns, ach níorbh fhéidir é dhéanamh i gan fhios dó. Do spriúch sé is do bhéic sé agus d'imigh fiain ar fad. Bhí cathaoireacha agus troscáin eile á leagadh aige agus uim an am san bhí an ceathrar againn ag cur na séithe i mbéal a chéile a d'iarraidh stop a chur leis. Sa deireadh, nuair a bhuail sé cic ar chathaoir eile le neart feirge, amhail is gur liathróid choise gurbh ea í, phlaosc an Niallach.

"Leog don chathaoir!" ar seisean in ard a ghutha.

"Gabhaim pardún agat," arsa Pinns go macánta. "Shíleas gur thall sa bhaile a bhíos."

"Cad é an ráiméis seo á rá agatsa?" arsa an Niallach liomsa ansan.

"Tá fear an Tí Mhóir marbh," arsa mise, "agus duine agaibhse fé ndear é."

"Cad 'na thaobh duit an drochíde sin a thabhairt dó?" arsa an Gáirleach, agus é ag díriú a smig i dtreo an Niallaigh.

"Chun ciall a mhúineadh dhó!" arsa an Niallach leis. "Tuigfidh sé an chéad uair eile gur fearra dhó glacadh leis an saol mar atá sé."

"Níl saol a thuilleadh i ndán dó san," arsa mise.

"Airiú, dún do chlab," ar seisean go garbh. "Níor dheineas ach stróic den mhaide a thabhairt dó."

Shuigh sé síos ansan agus thosnaigh ar an scéal a insint ó thosach. Nuair a bhí an Gáirleach agus é féin istigh sa Tigh Mór tá a chosúlacht ar an scéal go raibh an seanduine ann agus gur airigh sé iad ag teacht isteach. Bhí an seanduine géarchúiseach go maith agus thuig sé meon an ghadaí agus, is dócha, bheartaigh ar geit a bhaint astu. Nuair a bhí an bheirt ag teacht anuas an staighre, pé súilfhéachaint a thug an Gáirleach, do chonaic sé mo dhuine agus é ina sheasamh idir dhá lí an dorais agus a ghuala leis an ursain. Nuair a chonaic an péire stróaire é ag seasamh ansan agus é ag crothadh a chinn bhíodar ar nós daoine go mbeadh sprid feicithe acu (agus, ar ndóin, do bhí, i bhfoirm).

"Go saoire Dia sinn!" arsa an Gáirleach os ard. D'fhéach an fear eile agus bhí mo dhuine ansan os comhair a shúil, agus é an uile phioc chomh daonna agus a bhí sé roimis sin. Mar ba leonaitheach agus ar ámharaí an tsaoil — nó ar mhí-ámharaí an tsaoil, más cás leat — bhí cliobaire de bhata ar dheis láimh an Niallaigh agus do tharraing sé slais den gcleith ailpín anuas ar cheann an fhir mhóir. Dhein sé crústa dhe. Dhein sé cinnstear dhe. Níor fheadaradar ansan ó thalamh an domhain cad ab fhearr dhóibh a dhéanamh ná cárbh fhearr dhóibh dul. Ba gheall le peidhre amadán iad ag rástáil timpeall sa doircheacht ar fuaid an tí agus iad ag teacht sa tslí ar a chéile le neart útamála. Chaitheadar leathuair an chloig ag cuardach soilse, agus b'é cás an daill agus an bhacaigh é chomh cruinn agus ba mhaith leat é: an dall agus an bacach agus an dall ar tosach. Agus ina dhiaidh san bhí orthu an doras iata ar chúl an tí a bhriseadh amach chun éalaithe. Chonaic Pinns ag imeacht iad agus b'eo ina ndiaidh é. Ar ndóin, nuair a thugadar fé ndeara é shíleadar go raibh duine éigin ar a dtóir agus ós ag trácht ar bhacachas atáim ní raibh cúrsaí reatha go dtí é! Bhí Pinns lúthmhar go maith, ach dá fheabhas a chuir sé chuige ní raibh sé ag dul ann, ná níor éirigh leis teacht suas leo go dtí gur chaitheadar iad féin isteach sa bhothán ar chúl an tí.

D'fhéach an Niallach isteach i gcloigeann an phíopa a bhí ina láimh aige agus le linn na cainte sin do bheith á rá aige do chrom sé ar bheith ag cuimilt a dhá bhos dá chéile.

"Ní raibh sé mar aidhm agam é a ghortú," ar seisean.

"Níor ghá é mharú, ar aon nós," arsa mise. Níor fhan focal ag éinne ar feadh tamaill. Ansan dúirt an Niallach:

"Fuair sé an rud a bhí tuillthe aige. Bhí an bás ag crothadh láimhe lena raibh sa tigh sin le blianta fada."

'Sé an rud a déarfainn liom féin nárbh fhéidir go mairfeadh an seanduine go deo, agus gur mhithid do dhuine éigin bheith oiriúnach ar luí isteach ina ionad, pé uair a ghlaofadh fear an chnápaill bháin chuige féin. Ach ní hionann san a's a rá gur chóir é a mharú.

"B'fhéidir gurbh fhearr a olc ná a éagmais," arsa mise.

"Deirimse leat nár mharaíos é," arsa an Niallach.

"Ní raibh ann ach an scriothartach nuair a bhuaileas-sa leis," arsa mise, "agus tá sé marbh anois. Tá a chomhartha san lem chois agam."

Le linn dom san a rá do chaitheas mo mhála in airde ar an mbord agus d'osclaíos é. Dá mba plaoscán a bhí ann, in áit an leath-phlaoisc, níor lúide an t-uafás a bheadh orthu. Nuair a thit an cloigeann anuas ar an mbord thit Pinns bocht fiar fleascán ar chnámh a dhroma agus níor bhog sé. Ní cuimhin liom anois cad fé ndear dom an plaosc a bhreith liom amach as an dtigh, ach pé cúis a bhí leis b'id é ar an mbord é, nó an méid a bhí fágtha dhe, ar aon chuma.

Sciob an Niallach den mbord é agus rug greim ar a cheann féin ina dhá láimh. Rug sé ar na cártaí ansan agus thosnaigh ar iad a chaitheamh.

"Cad tá ar siúl agat?" arsa mise leis. Ní dúirt sé focal, ach comhartha a dhéanamh go raibh cluiche cártaí le n-imirt againn. Ní fheadar cad a chuir chuige sinn, ach níor dhiúltaíomair é. Bhíomair ag imirt chártaí, an triúr againn a bhí sa tiomáint, agus b'in é an cluiche greannúr agus an imirt chostasúil: réal i gcoinnibh gach aon chárta a chaithfí, agus plaosc an fhir mhairbh mar dhuais.

* * * *

Is gnáthach go deo, in aon bhall go mbíonn cártaí á n-imirt, go leanann geoin agus clisiam iad: gach éinne ag caint in ard a chinn is a ghutha agus beirt nó triúr ag cur na séithe i mbéal a chéile le faghairt a's le fíoch. B'é an seana-ghearradh againne é an oíche úd, leis, ach ná raibh éinne ag caint in ard a ghutha, ná ag caint, go minic.

Ní bhfaighfeá aon ní as an Niallach de ghnáth, faid is a bhíodh cártaí á n-imirt aige. Ní bhfaighfeá, ná focal sibhialta, ach gach aon fhocal ar a fhaor agus ar a chúinne. Do bhí sé amuigh air le fada riamh ná raibh puinn máistreachta ar a theangain aige. Bhíodh an Gáirleach agus é féin bruíontach go maith le chéile i gcaitheamh na hoíche de ghnáth, i dtreo gurbh éigin domhsa fanúint suas leo chun iad a chosaint ar a chéile. Amach san oíche do chuaigh an scéal chun díospóireachta eatarthu.

"Tá an donas buí déanta agat," arsa an Gáirleach tar éis tamaill ina thost do.

"Coisc suas do bhéal," arsa an Niallach mar fhreagra air. "Tá'n tusa ana-mhaith chun locht d'fháil ar Phinns agus ar Cheannaí, ach nílir chun mise a bhodhradh led ráiméis. Geallaimse dhuit gur fada go ndéanfaidh tú liomsa é. Ní chuirfeadh sé aon chorrabhuais ormsa crústa a dhéanamh díotsa leis an maide sin im láimh agam," ar seisean, agus phleanc sé an bord leis. "Táimse sásta é fhágaint fén maide," ar seisean arís. "An bhfeiceann tú an maide sin? Do shocródh an maide é."

"Scaoil leis, a Gháirligh," arsa mise, ag cur spéice isteach ar ghrá an réitigh agus na síochána, mar ba dhual dom, tá's agat. "Ná leog ort gur arís in aon chor é. Comáin leat agus caith na cártaí."

"Pé olc maith é," ar seisean, "tiocfaidh as."

Thuigeas go maith go raibh ainm mhuintir Néill in airde le fiaine agus go raibh an baol ann go n-éireodh an fiantas ann. Do mhairbh an Niallach féin gadhar a chomharsain, tráth, agus ní raibh aon chosaint aige air féin larnamháireach ach a rá gur b'amhlaidh a thug an gadhar drochfhéachaint air! Bhíodh an múinteoir a bhí air ar a dhícheall a d'iarraidh féith na foghlama a mhúscailt ann le harm, ach ní raibh aon toradh ar a dhícheall aige. D'iompaigh an Niallach amach chun bheith ina mhúinteoir scoile ansan, ar chaoi éigin, agus, ar ndóin, do bheadh sé chomh maith aige imeacht a d'iarraidh déirce dhó féin. B'in é an fáth go raibh dúil i gcónaí aige in aon ní go mbeadh an t-airgead ag baint leis. Bhí an Gáirleach ag cogaint na cainte dhó féin fós, agus dúirt:

"Cad a ghlaofása ar an obair sin, a Cheannaí?"

"Díchéille," arsa mise. "Díchéille a ghlaofainn uirthi."

"Ní díchéille a ghlaofainnse uirthi," ar seisean, "ach carbas agus bliogardaíl."

"Táimíd go léir páirteach sa ghnó so, a mhic ó," arsa an Niallach.

"Beidh an fear mór chughamsa agus chughaibhse lá éigin acu so," arsa an Gáirleach go sollúnta buartha.

"Ó, ó, ní bheidh," arsa mise. "Ní bheidh aon gharda i mbéal an dorais agamsa ag fógairt dlí ar an té ná raibh lámh ná ladhar aige sa bhfoghail. Ní fheadarsa puinn mar gheall ar an marú úd. Ní fheaca riamh é agus tá súil agam ná feicfead luath ná mall é. Má tá go bhfuil an scéal mar a deireann tú ná bí á chaitheamh anonn ormsa, mar níl lámh ná ladhar agam ann, mar a dúrt. Agus ós mar sin é nílim freagarthach ann."

Ar chlos na cainte sin don Niallach rug sé greim lena dhá lámh ar an mbata agus sara raibh sé d'uain agam "Slán abhaile" a rá as mo bhéal amach bhuail sé anuas ar bhior mo chinn mé fé mar a bheadh adhmad á ghearradh aige le tua. Mhothaíos mo chosa ag lúbadh fúm agus mo cheann ina ghliogar le tinneas. Tháinig caipín ceoidh anuas ar mo dhá shúil agus le titimín na hoíche sin tháinig doircheacht éachtach i ngach aon bhall timpeall orm, ach níorbh í an doircheacht í ba dhual don oíche.

CAIBIDEAL A CEATHAIR

Nuair a bhuail an Niallach anuas ar mhullach mo chinn mé lena mhaide bhíos fé mar a bheinn im sheasamh ar dhréimire nó ar chlár adhmaid a bheadh ina luí idir dhá stól agus go mbrisfeadh sé fúm. Shíleas go rabhas im sheasamh ar chipín an bheathaidh agus do chisíos ar an gcipín, ach má dhein do shleamhnaigh sé. Síos leis an gcipín agus síos liomsa ina dhiaidh ar bhior mo chinn. Thabharfainn an leabhar gur thugas ceathrú uaire an chloig ar an imeacht san sarar shroiseas an talamh — más talamh a bhí ann. Cá miste dhom é ach an chaint agus an rírá a bhí ar siúl thíos! Thabharfainn an leabhar arís go raibh an seomra lán de dhaoine buile agus iad ag treasú ar a chéile agus ag cuir na séithe i mbéal a chéile.

Do bualadh slais díom anuas ar an iarta agus má dhein do ghabhas mo bhoinn arís ar leagadh na súl. D'fhéachas im thimpeall, féachaint cad é an saghas comhluadair a bhí agam, ach má fhéachas ní raibh aon chomhluadar le feiscint agam. Ar an bpointe sin díreach 'sea chuimhníos ar chás an ógánaigh gur caitheadh fiar fleascán é lá, anuas ar charn guail, agus ná raibh aithne ná urlabhra aige ar feadh uair an chloig ar a luighead. Do thriail an dochtúir lena chóracha é agus dúirt sé nár imigh aon ní air ach pé suathadh a fuair sé nuair a theangmhaigh sé leis an nguail. Bhí an garsún ina shaol agus ina shláinte arís i ngiorracht aimsire, ach an gcreidfeá an méid seo uaim anois? —

D'iompaigh an garsún san amach chun bheith ar dhuine desna scoláirí ab fhearr dá raibh ar scoil! Níl aon bhréag agam á hinsint, ach fírinne ghlan. Bhíos ag caint lena mháthair gearrathamall ina dhiaidh san agus dúirt sí liom go dtabharfadh sí liú agus litir gurbh é an suathadh úd a fuair sé nuair a thit sé den rachta a mhúscail féith na foghlama ann! 'Sé mo thuairim féin go raibh an ceart ag an mnaoi.

Pé acu an sárscoláire a bheadh ionamsa as san amach, nó nárbh ea, níor thugas rófhada ag cíoradh na ceiste, mar bhí an roille cainte fós á chlos agam, roille nár airíos a leithéid riamh roimis sin, ná puinn ó shoin. Do chaitheas cúpla truslóg amach i dtreo lár an tseomra le hionchas go bhféadfainn an scéal a réiteach dom féin sara n-imeoinn. Do chuireas mo shúil ar bhosca mór a bhí in airde ar bhord a bhí in aice leis an steiling thall sa chúinne, agus ní rabhas i bhfad á iniúchadh nuair ba thuigithe dhom gur as an mbosca a bhí an challóid ag teacht.

Bhí doircheacht éachtach ins gach aon bhall im thimpeall agus chuireas cluas orm féin, féachaint an aireochainn aon fhothram seochas fothram an bhosca, ach níor airíos. Do chruinníos mo mheabhair beagán agus chuardaíos an bosca chun greim d'fháil ar na cnaipí, ach ní raibh cnaipe le fáil ar a bhun ná ar a bharr de. Níor airíos riamh roimis sin éinne ag déanamh an oirid sin cainte ar aon ní ná in aon áit — fiú amháin sa Dáil — ná ní fhéadfainn puinn adhmaid a bhaint as, mar bhí an méid a dúirt sé ródhoimhin thíos sa bhosca dhom.

Sa deireadh mhothaíos ní éigin ar nós baschrainn im láimh agus shíleas go mb'fhéidir go raibh baint aige leis an mbosca ar shlí éigin, agus leis an gcaint a bhí fós ag teacht amach as. Rugas greim ar an mbaschrann agus

bhualas é go héadrom réidh ar bharra an bhosca. Má
bhuail, ní fheaca ná níor airíos éinne ag corraí istigh.
Shíleas go mb'fhéidir nár airíodh an bualadh. Bhualas
roinnt de bhuillí daingeana crua ansan ar an mbaschrann
agus d'fhanas ag feitheamh le freagra. Lena linn sin
sháigh fear beag a cheann amach tríd an mbosca (cé nár
airíos aon doras ná fuinneog á oscailt) agus bhí gunna ina
láimh aige. D'fhiafraigh sé dhíom cad a bhí ar bun.
D'fhéachas mórthimpeall an tseomra a d'iarraidh a
dhéanamh amach cad as a dtáinig an guth caol ard san,
mar shíleas nach amach as an mbosca a fhéadfadh sé
teacht. Chuireas cluas orm féin ansan, féachaint an
aireochainn an glór arís. I gcionn neomait do leogas súil
ar an nduine beag, nó ar an leath dhe a bhí sáite amach
tríd lár an bhosca aige, agus chuala é á rá:
    "Níl éinne ina chónaí san áit seo."
Leis sin do dhún sé clúdach an bhosca anuas air féin gan a
bheag ná a mhór d'fhothram a dhéanamh. Ní miste a rá
gur chuir an focal san ionadh orm, agus do mhachnaíos ar
feadh scaithimhín ar a raibh feicithe agus cloiste agam.
Ba thuigithe dhom ná raibh sé de nós ag na comharsain go
raibh cónaí orthu in aice liom ag an baile cur fútha i
mboscaí d'aon tsórt, agus ar an ábhar san níor thuigeas go
cruinn an méid a bhí ráite ag mo dhuine sa seomra liom.
Chuala trácht go minic ar "shealús príobháideach" maith
go leor, ina mbíodh daoine saor ar feadh tamaill ó
dheocrachtaí an tsaoil, ach ní dúradh liom gurbh iad
boscaí a bhí i gceist. B'fhéidir go rabhthas ag magadh
fúm, agus go rabhas im staicín áiféise ag duine éigin.
    Uim an am so, áfach, bhí deireadh na foidhne caite
agam agus rugas ar an mbaschrann arís chun buille a
bhualadh a chloisfí ó thaobh taobh an tí, gan bheith ag

trácht ar thaobh taobh an bhosca. Iarann de shaghas éigin ab ea an baschrann ach deineadh eascú dhe. Do sceinn sé as mo láimh agus isteach leis i mbuicéad uisce i gcúinne an tseomra agus ní fheaca a thuilleadh é.

Ach níor fhág san gan gléas mé chun buailte, ná aidhm agam ar é dhéanamh. Dhruideas siar pas beagán ón mbosca agus bhuail go foránta le barra na bróige ar an gcomhlainn. Má bhuail, isteach leis an gcois go glún tríthi. Lena linn sin tháinig mo dhuine beag amach chugham arís as an mbosca agus dúirt:

"Cad tá ar siúl anois agat?"

"Mo chosa," arsa mise.

Thugas fé ndeara, agus an fear beag ina sheasamh os mo chomhair amach sa bhosca, ná raibh mo chos ag bualadh ina choinnibh taobh istigh den bhosca, cé nach raibh bun agus barr an bhosca níos mó ná dhá throigh ar fhaid óna chéile. Thugas fé ndeara nách raibh mo chos ag bualadh i gcoinnibh aon ní in aon chor. B'fhacthas dom, nó ba dhóigh liom, pé scéal é, go raibh an fear so an uile bhlúire chomh saolta agus a bhíos féin, agus fós féin níor fhéadas teacht ar aon mhíniú ar an gcás ina rabhas.

"Ceocu ceann atá ag déanamh trioblóide dhuit?" arsa an fear beag agus é ag síneadh a chinn amach os mo chionn. Thiospáineas dó an droch-imeacht a bhí orm agus d'inseas dó cad a bhí tar éis titim amach. D'inis dó nuair ná rabhthas ag oscailt dom gur thugas buille láidir de bharra mo bhróige don chomhlainn agus gur thiomáineas romham isteach í.

"Sin í an tarna huair a thit a leithéid amach anso," ar seisean. "Bhí cluiche cártaí ar siúl anso thíos ag na leads tamall ó shoin agus cá beag duit gur thug fear desna comharsain cúig neomataí ag pleancadh agus ag cnagarnaigh an dorais le bata draighin agus níor airigh éinne acu é — bhíodar chomh hard san le chéile, mar a bhí nó níos déine. I ndeireadh bárra do thug sé guala don chomhlainn agus do caitheadh desna tuislí í isteach sa seomra, agus do lean sé isteach í. Sin é an fáth gur chuireamair deireadh leis an doras mar shlí isteach agus bheartaíomair ar an mbosca a chur ina ionad. Is dócha go mbeidh orainn teacht ar réiteach éigin eile chun an ghnótha anois, tar éis a bhfuil déanta agatsa."

Thug sé lámh chónganta dom ansan chun mo chois do bhaint amach as an gcomhlainn, agus dúirt liom teacht isteach. Ar an dtaobh istigh den bhosca bhí staighre ard ag druidim aníos as seomra beag slachtmhar ina raibh cathaoir nó dhó ina seasamh agus bord in aice leo. In airde ar an mbord bhí firín beag eile sínte agus cúl a chinn leogaithe anuas ar an mbord aige. Bhí a dhá lámh ag sileadh anuas lena thaobh agus a chosa in airde san aer agus iad ag crothadh go luaimneach. Bhíodar ag gluaiseacht mar a bheadh muileann gaoithe. Níor thug sé seo aon aird ormsa agus níor chuir sé aon tsuim ionam, ná níor chuir sé stop lena raibh ar siúl aige anairde ar an mbord. Ní raibh de sholas sa seomra ach an méid a tháinig an staighre anuas, agus ar an abhar san níor fhéadas a aghaidh a fheiscint. Ní rabhas ach ag bun an staighre nuair a osclaíodh doras an tseomra isteach, ar an dtaobh eile dhe, agus tháinig ceathrar fear dubha do láthair agus cróchar ar a nguaillne acu. Leogadar an cróchar anuas ar an dtalamh agus do hosclaíodh an clúdach air. Rugadar greim ansan ar mo dhuine a bhí ag rothaíocht in airde ar an mbord, sháigheadar isteach sa chróchar é, agus chuireadar an doras amach arís.

"An duine bocht," arsa an fear beag a bhí in éineacht

liom. Níl ach an fhírinne á rá agam nuair a deirim nárbh iad san na focail a bhí ar bharra teangan agam féin agus an ceathrar úd ag gabháil amach an doras.

"Bhí aithne mhaith agam ar a athair agus ar a athair mór roimis," arsa an fear beag arís. "An iomad oibre fé ndear é," agus dúirt sé paidir féna bhfiacla lena anam. Níor fhéadas gan chuimhniú ar a ndúirt mo mháthair liom lá, nuair a bhí an eachtra san feicithe agam.

"Níorbh aon díobháil duitse," ar sise, "lorg fir na hoibre a leanúint tamall, agus gan bheith mar atá'n tú."

Is minic mé á rá liom féin gur bhreá an lá domhsa é bheith scartha leis an saol sara ndeachaidh sé chun an phota ar fad, agus dá mb'amhlaidh an críoch a bhí i ndán d'fhear na hoibre níorbh aon seachrán smaoinimh agam é.

D'oscail an fear beag an doras ansan agus dhein sé comhartha dhom teacht ina dhiaidh. Bhí bóthar cúng lasmuigh den doras agus é ag druidim amach ar dhá thaobh an tí.

"Gaibh an bóthar san i leith na láimhe clé," ar seisean liom ansan, "agus lean do shrón," agus shín méar fhada i dtreo na láimhe clé. "Ní raghair amú."

Ansan d'iompaigh sé ar a chúl agus bhailigh leis isteach arís sa tigh. Chuimhníos ansan ná raibh aithne agam ar an té a thug an chomhairle sin dom, ná ar a shloinne, agus bhí náire orm as ucht mo chuid drochbhéasa. As mo mhachnamh dom, áfach, do bualadh isteach i m'aigne go ndúirt an fear ná raghainn amú dá nglacfainn leis an gcomhairle a bhí tugaithe aige dhom agus an bóthar ar chlé a leanúint. Ach ní raibh focal ráite agam leis mar gheall ar an gceann riain a bhí orm, ná focal ar bith, fiú. B'aisteach agus b'iontach an cás, dar liom, agus ní rabhas chomh suaimhneasach i m'aigne ag imeacht dom agus a bhíos ar theacht i láthair dom san áit sin. Níor chuireas cor díom ar feadh deich neomataí, faid is a bhí an cheist seo á plé agam im aigne, ach sa deireadh chaitheas díom í agus bheartaíos go leanfainn liom ar aghaidh.

CAIBIDEAL A CÚIG

Ní rabhas ach mar a déarfá leathmhíle slí ón dtigh nuair a casadh orm fear beag eile agus é ina shuí in airde ar an gclaí ar thaobh an bhóthair, píopa á dheargadh aige ar a shuaimhneas. Bhí meigeall breá ornáideach air, agus ní raibh oidhre riamh ar an meigeall san. Níorbh aon ní é sin, áfach, go dtí gur leogas súil ar an mothall gruaige lastuas. Bhí an ghruaig mar a bheadh muing leoin. Do raghainn in urrús duit go ndéanfadh an barra san neadacha na gcoillte mór a líonáil i mbéal an earraigh. Ba gheall le samhail i ngarraí é, ina dhiaidh san ar fad. Ní raibh ann ach an scriothartach.

"*Powerful weather*," ar seisean liomsa nuair a thánas ar a aghaidh amach.

"Ó, tá sé ar fheabhas, tá, tá," arsa mise, cé nach raibh aon bhreithniú déanta agam air.

"Cad chuige an tarna *vernacular*?" ar seisean thar n-ais, "nó an as do chodladh dhuit?"

"As do chodladh dhuitse," arsa mise. "Ná feiceann tú na cuairteoirí ag gabháil thar bráid, nó an amhlaidh a thabharfá le rá gur thugas droim láimhe leis an nGaeilge?"

"Ní fheicimse aon chuairteoir sa dúthaigh seo," ar seisean, "ná ní fheicim puinn de dhealramh na Gaeilge ar an muintir atá ag gabháil thar bráid. Ná feiceann tú an déanamh suas atá orthu? Ní Gaeilge atá ar an dtaobh thiar dóibh siúd."

Chuimhníos ansan nach raibh ach an seisear aisteach réamhluaite feicithe agam ón am gur tháinig mo mheabhair chugham arís, agus ní raibh aon ní ar an dtaobh thiar dóibh san seochas an doircheacht. Sa deireadh dúrt: "Á, mhuise, is oth liom é chloisint uait."

"Bualadh bob ar fhear na Gaeilge," ar seisean, agus ba dhóigh leat ar an gcuma a bhí fé go raibh sé ar tí bás d'fháil. "Thánathas roimis agus thánathas ina dhiaidh agus thánathas ar gach taobh de agus do comáineadh isteach san áit seo é mar a raibh líonta gramadaí ar tinneal roimis."

Ní dúrtsa focal mar fhreagra ar a raibh ráite aige. Do nocht an meigeall air arís, go hobann is gan choinne, agus thosnaigh ag caint nó ag cogarnaigh athuair.

"Tá daoine," ar seisean arís — agus níor fhéadas é a bhréagnú — "a déarfadh go mbuadh an deamhan ar an aingeal in aon chomórtas ceapadóireachta, agus níorbh fhocal gan chiall é."

"Abairse sin," arsa mise. D'fhéach sé anuas orm fé mar a bheadh cuileog ar a bhrollach aige.

"'Sé an rud a deirimse i gcónaí," ar seisean, "gur mór an trua an scoláire go mbíonn an iomad ina cheann aige agus gan aige ach an t-aon cheann beag amháin chun dul ag taighde agus ag tárlamh. Ní fiú trumpa gan teanga an Ghaeilge atá anois inár measc. Is beag ná gur i ganfhios don tsaol so againne atá sí ann."

"Ní fheadar an bhfuil an ceart in aon chor agat," arsa mise. D'fhéach sé anuas orm fé mar a bheadh peidhre cuileog air.

"Mair a chapaill agus geobhair féar!" a dúirt sé. "Comáin leat ar an mbóthar so agus tiocfaidh ciall chughat."

Lena linn sin do chuir sé cos i ndiaidh a chúil agus thit anuas ar an dtalamh ar an dtaobh istigh den bhfalla. Shíleas gur ghortaigh sé é féin agus d'fhéachas treasna an chlaí, féachaint an raibh sé ceart go leor. Ní raibh sé ann. Chuardaíos an pháirc ar feadh tamaill a d'iarraidh teacht air, ach níor éirigh liom. Dá fhaid atáim ag caitheamh bróg d'airíos rud ó chianaibh an uair úd nár airíos riamh cheana. Ba dhóigh liom go raibh an saol ag druidim chun deiridh, agus dá mba rud é gurbh amhlaidh a bhí an scéal bhíos i bpeiricil mo dheiridh féin ag an am céanna.

Bhuaileas liom ar aghaidh síos an bóthar go dtí gur thánas chomh fada le tigh beag eile a bhí ar thaobh an bhóthair go raibh falla ard aolta thart-timpeall air. Bhí doras an tí ar oscailt nuair a thánas ar a aghaidh amach, agus tar éis dom cnagarnach bog gairid do thabhairt air do chomáineas romham isteach é agus leanas isteach sa seomra é. Ar an dtaobh istigh den doras bhí seomra mór go raibh ana-chosúlacht idir é agus an seomra ina rabhas cheana féin, sa tigh eile. In airde ar an bhfalla os mo chomhair amach bhí fógra mór agus cad deirir ná go raibh m'ainm féin *of late renown* i lár baill ann. Do léigheas an fógra agus scramhaíos mo cheann. Cruinniú éigin a bhí á chraobhscaoileadh ar an bhfógra, ach níor thuigeas go cruinn cad a bhí ar siúl ag an gcruinniú, ná conas a ráinig go raibh m'ainmse luaite leis.

Ar an bpointe sin osclaíodh doras ar an dtaobh eile den seomra agus tháinig fear beag isteach. Sara raibh an doras dúnta ar a chúl aige chualas babhta bualadh bos taobh istigh den seomra agus fuaim chainte ag teacht amach as.

"Gaibh mo leathscéal, a dhuine uasail," arsa mise leis an bhfear beag. "An miste leat insint dom cad tá ar siúl istigh sa seomra?"

"Cad eile a bheadh ar siúl seochas an cruinniú?" ar seisean go grod garbh.

"Ní fheadar an mbeadh cead agam dul isteach?" arsa mise.

"An bhfuil ticéad agat?" ar seisean.

Níl fhios agam cad 'na thaobh ar chuardaíos mo phócaí, mar ní raibh de nós riamh agam ticéad d'aon tsaghas a cheannach.

"Níl aon ticéad agam, a dhuine uasail," arsa mise.

"Caithfir ticéad a fháil chun dul isteach," ar seisean. "Gheobhair ceann ón bhfear ag bun an staighre."

Ghabhas buíochas leis agus chuas ag cuardach an fhir thíos. Bhí fear eile ina shuí, maith go leor, taobh thiar de bhínse beag íseal agus d'fhiafraíos de an mó a bhí ar thicéad. D'fhéach sé aníos orm agus glionnar ina shúil.

"Saor in aisce," ar seisean, agus bhronn sé an ticéad orm. Nuair a bhí an ticéad agam chuireas díom an talamh arís go fada géar láidir. Bhaineas amach an seomra as a dtáinig an chéad fhear agus chuireas mé féin in úil don bhfear a bhí ag freastal ar an doras. Tógadh an ticéad uaim, d'iniúchadh go maith é, agus scaoileadh isteach sa seomra mé. Bhí sraitheanna cathaoir leagtha amach istigh ó cheann ceann an tseomra agus orthu san bhí meitheall fear ina suí go mín macánta. Nuair a tháinig an t-am do sheas na daoine a bhí thíos in íochtar an halla agus tháinig sraith daoine amach i ndiaidh a gcúil ar an ardán, agus thosnaigh an obair dáiríribh.

Ní miste dhom a rá ná gur chuir na daoine sin ar an ardán ionadh orm. Bíodh is nár thaithíoch liom gníomhartha a's modhanna daoine, ach chomh beag le gníomhartha agus modhanna na fiormamainte a thabhairt fé ndeara — ná fiú an chuma a bhí orthu — do bhraitheas ar an ndream so go raibh nithe éagsúla ag baint leo nach raibh a leithéidí le fáil i measc ghnáthchomhluadair daoine. Agus ina dhiaidh san thugas fé ndeara go raibh nithe éigin á gcur i gcomhairle a chéile fé cheilt. Ach níorbh aon ní é sin i gcomórtas leis an ngeit a baineadh asam nuair a dh'fhéachas go géar ar an gcoiste úd in airde ar an ardán.

Bhí ochtar fear ina suí ar an ardán ag bord a bhí ag dul ó thaobh taobh an ardáin, agus ba mhar an gcéanna ar gach aon chuma iad. Os a gcomhair ar an mbord bhí cárta beag ag an uile dhuine acu, agus b'orthu súd a bhí a n-ainmneacha le feiscint. 'Giolla Bríde Mac Maoilmeanmain' ab' ainm dóibh an duine. Ní raibh sé d'uain agam cúis an ruda so a fháil amach mar do bhí seó ceisteanna le réiteach, agus casta go maith a bhíodar leis, mar níor thuigeas puínn díobh. Do réitíodh a bhformhór, áfach, cé nár mhó ná sásta a bhíothas leis an gcuma gur deineadh é.

Do léadh miontuairiscí agus mar ba chóir, do glacadh leis an gceapadóireacht d'aon ghuth. Do ritheadh cúpla rún cómhbhróin ansan agus rún comhghairdeachais (nárbh fhios dom cad 'na thaobh ná cé leis) agus nuair a bhí an méid sin déanta do labhair an tUachtarán.

"A dhaoine galánta agus a mhná uaisle!" ar seisean. Níor thugas fé ndeara ach ag deireadh na cainte aige, nuair a bhí an cruinniú ag scaipeadh, nach raibh aon bhean amháin aonair le feiscint sa seomra.

"Ní hamháin é bheith d'onóir ach é bheith do shásamh agam chomh maith mé bheith i gceannas ar an gcruinniú agus ar an ndáil-chomhairle seo anocht!"

Ní fheacaís aon oidhre riamh ar an bhféasóig a bhí air,

agus ar an seachtar eile taobh leis, agus níor stad sé choíche ach ag rith a mhéireanna tríthe le heagla go mbeadh aon ruainne tobac fanta inti, mar faid is a bhíodh an chaint á déanamh aige bhíodh sé ag tógaint snaoise a's ag caitheamh tobac go fonnmhar. Bhíodh na fir ar dheis agus ar chlé dó ag crothadh a gcinn agus ag scramhadh agus ag cuimilt a sróine agus ag súrac a gcroimbéal — cleas chun machnaimh, tá's agat. Ní fhéadfá bheith suas leo san! Lean an tUachtarán leis ag caint "sna briathra foistineacha fáigiúla" a bhíodh acu sa seanracht.

"Is é fáth an tionóil seo anocht againn," ar seisean, "ná chun go mbreithnimís toradh na hoibre agus na taighde atá déanta ag Coiste na Réabhlóide ar an bpláigh seo atá ag treascairt na teangan agus ar na *matters arising therefrom*, mar a dúirt an Béarlóir. De réir na tuarascála so atá os mo chomhair agam do tugadh máthair an oilc anall ó Shasana d'aon ghnó chun cainteoirí dúchais na Gaoluinne do dhísciú — agus san cé go ndúirt Aire na Gaeltachta anso againn ná ceadódh sé aon ghalar dá shórt do thabhairt isteach anso. Féach é sin!"

Thosnaigh an t-allagar agus an t-áiteamh ansan, gach éinne agus a thuairim féin aige, agus thugadar deich neomataí ag cur is ag cúiteamh, féachaint cad ab fhearr a dhéanamh. Dúirt cuid acu gur mar seo a bhí an scéal agus dúirt tuilleadh acu gur mar súd a bhí sé, agus an chuid is mó díobh ní dúradar ach "tá" nó "sea" nó "ach go háirithe". Ba dhóigh leat gur scata géanna gurbh ea iad nuair a thosnaíodar ag caint eatarthu féin mar gheall air. Do bhí duine beag biorabach ann agus phreab sé ina shuí.

"A leithéid seo," a dúirt sé, á insint amach go neamhscáthmhar. "Faghaim freagra ar mo cheist," ar seisean, "agus ná bíodh aon siar ná aniar mar gheall air, nó raghadsa go bun sprioc leis."

Nuair ná fuair sé an freagra a bhí uaidh do chuir sé cochall air féin agus dúirt gur mithid stop a chuir lena leithéid seo de dhuine sara mbeadh an saol creachta aige. Sara raibh an tarna abairt as a bhéal bhagair an tUachtarán lámh anonn air agus dúirt leis bheith ina thost, ná raibh aon cheart aige bheith ag tromaíocht ar dhaoine ná raibh sé ina gcumas teacht i láthair na babhtála ar a n-ábhar féin. Sa deireadh, nuair ná raibh aon chosc á chuir ag mo dhuine ar féin, chaith an tUachtarán buille de mhaide a bhí ina láimh aige do thabhairt anuas ar mhullach chinn an bhiorabaigh chun é a stop. Bhí a leithéid de bhualadh bos ag an gcomhluadar ina dhiaidh san go gceapfá ná stopfaidís choíche. Chuir an tUachtarán leath-chromadh dá theangain amach a's bhí ag líreac a phuis is a chroimbéil ar feadh chúig neomataí. Thug sé comhartha ansan don gcuideachtain agus bhí deireadh leis an rírá.

D'éirigh fear beag eile ina shuí (ná raibh puinn difríochta ó thaobh gnúise dhe idir é agus an fear a labhair roimis) agus d'fhiafraigh den Uachtarán an raibh tuarascáil Choimisiúin na hAiséirí tagaithe chun cinn, nó cad a bhí á dhéanamh acu le bliain.

"Is maith an áit go rabhais," arsa an Uachtarán. "Tá cathaoirleach an Choimisiúin anso taobh liom agus deir sé liom go bhfuil an tuarascáil ullamh. Bhí sé as baile le déanaí agus is dócha gur mhaith libh focal nó dhó a chlos uaidh anois."

D'éirigh duine eile den ochtar a bhí ina suí ag ceann an bhúird ar an ardán agus ba thuigithe do dhuine ar an gcuma a bhí air go raibh ana-mheas ar fad aige air féin. Shílfeá gur dó féin amháin a d'éireodh an ghrian, nó fiú na gealaí. Chroith sé lámh leis an Uachtarán agus chuir a cheann in airde.

"Thugas rátha amuigh," ar seisean, "agus chuas i bhfad ó bhaile . . . Thugas tamall ar an saol eile agus d'inseas dóibh nár mhiste ábhar éigin léitheoireachta a sholáthar chun na ndaoine . . . Bíonn cuid againn ag soláthar staitisticí agus cuid againn ag reachtáil grinn agus cuid eile againn ag reachtáil léinn. Tá baint ag an obair seo go léir leis an réabhlóid (nó leis an athbheochaint, mar a thugtar uirthi ar an saol eile). Tá dualgas orainne an pobal a chuir ar an eolas agus treoir a thabhairt dóibh le fíricí agus le teoiricí. Ach anois, ó's rud é go bhfuil cur fúinn san áit seo níl aon mhaith bheith ag trácht ar 'aifeochaint', mar ní féidir aon ní d'athbheochaint anso (gáire) ... Mara bhfuil sé d'uain againn an Ghaeilge d'athbheochaint anso thíos, feictear dom go bhfuil dualgas an an nglúin seo an Ghaeilge a chaomhnú ar an saol eile agus an Ghaeilge a chuir in oiriúint don saol san. Tá dualgas trom orainne . . ."

Bhí fear eile taobh leis an Uachtarán, fear nárbh aon ní leis, de réir dhealraimh, dhá únsa tobac ar a luighead d'ól in aon lá amháin. Thabharfá an leabhar gur a d'iarraidh simné a dhéanamh de féin a bhí sé. Bhí deatach tobac ag déanamh oíche den lá aige. Fear ab ea é go raibh sé de thuairim aige, ba dhóigh leat, gur trian bídh tobac agus gur trian gail an píopa, mar tá a chosúlacht ar an scéal go raibh sé rithte as tobac le linn don Uachtarán do bheith ag caint, agus gan ionga dhe le fáil sa tsráid ná sa seomra. Do thosnaigh sé isteach ar an bpíopa ina éagmais, ag cogaint na coise dhe, agus do lean air chun go ndeachaidh sé go dtí bun an chloiginn. Sháigh sé an cloigeann isteach ina bhéal ansan agus dhein píosaí dhe lena fhiacla. Níorbh aon ionadh, más ea, tar éis a raibh

déanta aige, go bhfuair an fear céanna an racht casachtaí
is measa a bhuail aon Chríostaí fós riamh (más Críostaí a
bhí ann).

B'éigin dó bailiú leis anuas den ardán ar feadh tamaill
go dtí go raibh greim arís aige ar a shláinte agus ar a
phíopa. Uim an am san bhí deireadh tagaithe lena raibh le
rá ag cathaoirleach an Choimisiúin agus d'éirigh an
tUachtarán ina shuí arís. Do labhair sé ag gabháil
buíochais leis an léachtaí léannta agus dúirt gur mhór ab'
fhiú dhóibh tamall a thabhairt ag éisteacht leis.

"Tá sé ráite," ar seisean, "ná baineann an cheist seo
linne agus tá súil agam ná baineann, ach ós rud é ná fuil
aon deimhniú againn air sin ní mór dúinn bheith ar ár
n-iongain agus an t-olc do sheachaint. Mara mbíonn an
Ghaeilge acu ar an saol eile ní móide go mbeidh sí acu ar
theacht i láthair dóibh san áit seo. Tá an Coiste ar aon
aigne ina thaobh san agus ba chiallmhar an bheart dúinn
déanamh mar a deirid siad . . ." (bualadh bos).

"Tá aguisín leis an dtuarascáil seo atá os mo
chomhair," ar seisean, agus lena linn sin do bheith á rá
aige chuimil sé ciarsúr desna spéaclaí a bhí aige agus rug
sé ar cháipéis, ". . . agus ós rud é go bhfuil baint aige leis
an rud atá á rá agam ní miste liom é scaoileadh chughaibh
anois . . ."

Thug sé gearra-chuntas ansan ar na gníomhartha a bhí
beartaithe ag an gCoiste Gnó chun suíomh na teangan a
threisiú. Sa deireadh chaith sé uaidh an cháipéis agus
dhírigh a mhéar ar bharra an tí.

"Bíodh a fhios agaibh," ar seisean, "ná déanfaidh aon
fhear amháin aonair an obair seo, ná cuimhneamh air. Tá
lá an fhir aonair imithe fadó. Cé dhéanfaidh an obair seo
go léir? Cá bhaighimíd foireann chuiche?"

Bhí an comhluadar ag imeacht fiain le neart útamála, a d'iarraidh cur in úil go raibh an uile dhuine acu ullamh agus lán-tsásta chun an ghnótha a dhéanamh. Chuir an tUachtarán stop leis an raic ar ardú a mhéire dhó.

"Cuirfimíd fógra amach," ar seisean, "á rá ná leófaidh aon chomrádaí dia beag — i gcead don gcuideachtain — a dhéanamh de féin a thuilleadh. Beidh an fhoireann le chéile freagarthach i ngach cúrsa gnótha, agus beidh ceart le fáil ag an bpobal. Ach tá gá le saineolaithe chun na hoibre seo do chomhlíonadh, agus tá duine acu san i láthair anocht againn!"

Thug sé a aghaidh ar an gcomhluadar agus tar éis dó an chaint sin a chur de shín sé méar i dtreo dhuine thíos i n-íochtar an tseomra. Lena linn sin leog sé caint dhrámatúil as agus dúirt:

"Bíodh fáilte agaibh roimis an Uasal Ceannaí!"

CAIBIDEAL A SÉ

Chuirfeadh an gleo agus an screadaíl a bhí acu go léir goláin id chluasa. Roinnt acu agus clab gáirí orthu agus roinnt acu ag feadaíl. Dream eile acu ag bualadh bos. Ba dhóigh leat ar an imeacht a bhí fútha go mbainfí an ceann den tigh. Ba bheag ná gur thiteas i gceann mo chos ag an am céanna nuair a chuala m'ainm féin á lua ag an bhfear ar an ardán. Ach ní bhfuaireas caoi teacht ar réiteach na ceiste mar bhí daoine ag brú isteach ormsa agus ar a chéile a d'iarraidh láimhe a chrothadh liom. Sháigheas isteach ina measc agus ba ghearr go rabhas ar an ardán in éineacht leis an ochtar eile.

Is cuimhin liom gur iarr an tUachtarán orm focal nó dhó a rá leis an gcruinniú.

"Abair do rogha rud," a dúirt sé, nuair a d'inseas dó nach raibh puínn taithí agam ar chainteoireacht phoiblí. Ní cuimhin liom cad a dúras, agus ní haon díobháil é, mar tá lár an chuimhne sin amú orm fós. Is cuimhin liom, áfach, gur cuireadh deireadh leis an gcruinniú sar i bhfad agus gur sciobadh isteach mé taobh thiar den ardán, isteach i seomra ina raibh dream beag cruinnithe cheana féin, cupán té ina láimh ag an uile dhuine acu. Níl ach an fhírinne á hinsint agam nuair a deirim gurb é sin an cruinniú ab iontaí agus ab aistí dár chonaiceas fós riamh.

Is cuma dhuit cad déarfaidh éinne, tá draíocht éigin ag baint leis na spéaclaí. Im thaobh féin den scéal (agus is dócha gurb é a scéal féin scéal gach éinne) ní fhéadfaí aon tsárú a fháil ar na spéaclaí agus ar an bhféasóig i dteannta a chéile. 'Sé an taobh is aistí den scéal é, áfach, ná go mbíonn ana-mheas ag an gcine daonna ar mhuing an leoin, ach nuair is ar an ngadhar féin a bhíonn an mothall gruaige ní bhíonn aon mhoill orthu é bhaint de!

Thánas treasna ar ghadhar stoic le déanaí go raibh an t-eireaball bainte dhe ón stúmpa amach, rud a chonac déanta go minic cheana. Chuireas ceist ar an té gur leis an gadhar, féachaint cad chuige gur baineadh an t-eireaball den tseirbhíseach so na gceithre chos. 'Sé an freagra a fuaireas uaidh ná raibh aon ghnó ag an ngadhar den eireaball, ná raibh sé ach i bhfoirm faid siar, agus gur uime sin a scothadh de é nuair a bhí sé ina choileán.

"Ó, tá ceithre cosa aige sin," ar seisean, "agus ní beag san. Níl aon ghá leis an scuaib."

Táimse ar an mbóthar le deich mbliana nó níos mó agus tá fuid agus fuaid na dúthaí seo timpeall orm siúlta agus athsiúlta agus treas-siúlta agam, gan trácht ar na cúrsaí eile a thugas isteach "sna haird ó thuaidh", ach dá fhaid atáim ar an saol so ní fheaca aon oighre riamh ar an ndream úd romham sa seomra. Sárú is ea an meigeall, mar adúrt, agus ana-mhinic sárú is ea an spéacla. Ach is é an críochnú ceart ná na spéaclaí breá ornáideacha do bheith ar dhuine ná fuil aon ghá aige leo. Níl aon bhréag á hinsint agam nuair a deirim ná feaca samhail an dreama san riamh roimis sin, mar le daoine. Pus mór garbh a bhí ar an uile dhuine acu agus do chífeá an saol idir an dá chluais ag gach éinne acu. Ba mhó dealramh a bhí agá n-aghaidh le haghaidh capaill ná le haghaidh fir, ach ná bíonn spéaclaí ná féasóg ar na capaill, de ghnáth. Níor chuir sé aon chorrabhuais ormsa nach rabhas in ann puinn difríochta a fheiscint idir dhuine acu seochas an duine eile, mar bhíos dulta i dtaithí ar a leithéid sin fén am so.

Sara raibh sé d'uain agam aon cheist a chur ar Uachtarán na comhdhála do rug sé barróg orm agus dhírigh ar mo lámh a chrothadh agus a luascadh, suas síos, fé mar a bheadh *pump* tobratan á láimhseáil aige.

"Cuirimís an fhoirmiúlacht ar déanaí," ar seisean, agus dhírigh méar i dtreo na ndaoine eile sa seomra. "Cuirfidh mé in aithne ar a chéile sibh," ar seisean thar n-ais, agus do rug sé os comhair an chéid duine mé.

"'Sé seo Íochtar Ned," ar seisean, agus nuair a d'fhéachas isteach tríd na fuinneoga a bhí in ionad spéaclaí ar Ned chonac go raibh loinnir ina shúil. Rug sé lámh orm agus níor scaoil sé saor mé go raibh an chrobh nach beag scartha leis an láimh. Leanamair ar aghaidh ar an gcaoi sin: an tUachtarán dom chur in aithne ar an gCoiste Gnó, agus Ned an ainm orthu go léir. Nuair a thánas go dtí Uachtar Ned ag deireadh an tseomra ní raibh sé leath chomh sásta mé fheiscint agus a bhíos féin nuair a chonac gurbh é an duine deireanach sa tsraith é.

"Ní foláir nó tá rud éigin i bhfoirm amhrais ort, a Cheannaí," arsa an tUachtarán ag deireadh bárra, "i dtaobh na gcúrsaí seo go léir. Ná bíodh aon cheist ort, a bhuachaill, tiocfaimíd go dtí cnámh an scéil sar i bhfad."

Siúd sall go dtí an taobh eile den seomra é agus d'oscail amach doras a bhí sa bhfalla ann. Bhagair sé méar orm ansan agus dúirt liom teacht leis. Do shiúil an dream eile amach as an seomra romham, agus ní raibh aon choiscéim dá dtógfaidís aon phioc níos moille ná níos mire ná a chéile. Do leanas iad agus dhún an tUachtarán an doras ar ár gcúl. Mhothaíos corraí éigin fúm agus shíleas go rabhamair go léir ag éirí nó ag titim, cé nach raibh cos á cur thar an gcois eile ag éinne againn. Bhíomair ar an dtaobh istigh de chófra de shaghas éigin agus sinn ag druidim i dtreo éigin, ach ní dréimre ná staighre briste a bhí fúinn chun dul in airde go dtí na lochtaí ach mar a sheasófá ansan ar an mbord agus leogaint don bhord gluaiseacht suas amach go barr an tí.

Nuair a osclaíodh amach arís doras an chófra ghoil an solas a bhí ag leathadh isteach ar na súile orm agus do phriocas mé féin, ach má dhein níor ghortaíos. Ar an dtaobh amuigh den chófra bhí scata fear eile cruinnithe i ndáilchomhairle agus níor dhein an tUachtarán ach mé a bhreith leis go ceann an bhúird, agus ghlac an dream eile a bhí in éineacht liom sa chófra cathaoir an duine os comhair an bhúird amach.

"A chairde agus a chomrádaithe!" arsa an tUachtarán. "Táimse ar an saol so le fada an lá. Thugas seal le hóige agus seal le críonnacht, ach níor thaithin ceachtar acu liom. 'Sé an t-idir-dhá-linn is rogha domhsa, agus 'neosfad daoibh cén fáth."

Leag sé lámh ar an mbord ansan agus lean air.

"Tháinig garsún den chomharsanacht chugham an tráthnóna fé dheireadh ag lorg roinnt eolais i dtaobh na cuaiche, féachaint cad as di, cad a thugann chomh fada san ó bhaile í, cad a chiallaíonn an port úd 'cú-cú', nó an Gaeilge chaighdeánach é, agus mar sin de. Sin é an meon atá ag teastáil uainne, a chairde! Tá sé buailte isteach i m'aigne," ar seisean arís, "go bhfuil an donas buí á dhéanamh ag duine éigin. Ar feadh blianta fada bhí callairí an Rialtais á leogaint orthu gur acu féin a bhí an tslí ab fhearr sa tsaol. Bhíodar chomh hoilte sin gur éirigh leo an dubh a chuir ina gheal ar a lán lán daoine mórthimpeall na cruinne. Mactírí i gcroiceann caorach ab ea an saghas san, áfach, ach níl aon amhras ná go bhfuil a dtuise ag an saol mór uim an am so."

Faid a bhí na nithe seo á rá ag an Uachtarán bhíos féin ag cuimhneamh an mó ama a bhféadfadh duine a chaitheamh ag éisteacht go cruinn le cainteoir agus gan puinn tuisceana aige ar a raibh fé chaibidil ag an gcainteoir céanna. Ní raibh ann ach go rabhas á chuimhneamh, áfach, mar ní raibh aon teora leis an gcaint ag mo dhuine. As a mhachnamh dó do bualadh isteach ina aigne gur mithid do dhuine éigin an fód a sheasamh, agus b'fhéidir é a iompó, leis.

"Táimidne ag soilsiú na slí anois," ar seisean, "le tamall, ach an bhfuil aon dul chun cinn déanta againn sa ghnó? Níl, ach a mhalairt. Táimíd le fada an lá fé mar a bheimís ag imirt phúicín ar fuaid an tinteáin. Dá dhéine a bhíomair ag cur chuige ní raibh ag teacht linn. Agus cad 'na thaobh san, an dóigh libh? Neosfad san díbh, leis."

D'éirigh an tUachtarán ina sheasamh arís agus dúirt:

"Táimíd ar feadh rófhada ag feitheamh chun go ndéanfaidh duine éigin eile beart éachtach a thabharfaidh slán an t-othar. Cá beag duit ach go bhfuil daoine inár measc agus táid sásta dul i muinín ar an ndream thuas! Bhíos ag caint le ceann acu aréir agus dúirt sé go raibh socair acu a gcás a phlé le dream éigin d'aicme na cine daonna atá i gcoinnibh na géarleanúna so, mar a shamhlaigh sé. Cheap sé go nglacfaimísne páirt leo san obair, ach dúrtsa as mo stuaim féin, suas lena phus, ná déanfaimís aon ní dá shórt — go raibh ár ndóthain le déanamh againn seochas bheith a d'iarraidh deighleáil leis an ndream san."

Bhí babhta bualadh bos acu tar éis na hoibre seo agus bhí cinn dá gcrothadh go tagartha ar fuaid an tseomra.

Tháinig sceartadh gáire amach as béal an Uachtaráin ansan, is ní raibh aon choinne lena theacht. Pé eile duine sa seomra a thuig é níor thuigeas féin cad a thug air an mheidhréis seo, ach bhí sceitimíní áthais air agus an scéal ag dul chomh mór san chun sochair dó go ndeaghaidh sé a promsaigh agus ag rince ar fuaid an tseomra.

"Ní déanaí an mhaith aon uair," ar seisean, agus é tachtaithe ag an ngáire, geall leis. "Tá réiteach na ceiste anois againn, a bhuachaillí, agus sid é anois agaibh é!"

D'oscail sé amach cóip den bpáipéar nuachta laethúil agus dhírigh méar ar fhógra a bhí ann:

"Togha fir a chuimhnigh ar an tseift," ar seisean, "pé rud a bhí ár ndalladh nár dheineamair fadó é."

D'fhéachadar go léir a raibh sa seomra ar a chéile, fé mar a bheadh lár an scéil tagaithe chúthu ar an neomat san díreach, agus dheineadar go léir orm d'aon ghnó chun láimhe a chrothadh liom. Ba bheag nár múchadh mé bhí an oiread san díobh ag titim sa mhullach orm le neart útamála. Bhí an tUachtarán sna tríthí gáire agus bhí an páipéar nuachta á stracadh as a chéile aige le háthas. Pé rud a bhí ar an bpáipéar bhí sé imithe ina cheo leis an ngaoith cheana féin nuair a thánas-sa suas air.

Fé dheireadh, nuair a fuaireas caoi chuige, rugas greim ar an Uachtarán agus geallaimse dhuit ná raibh aon fhonn gháirí orm uim an am san. D'fhiafraíos de cad a bhí i gceist aige, nó cérbh í an seift seo a bhí beartaithe aige a dhéanamh. Bhuail racht gáirí é a chur anuas ar a thóin é ar an urlár, agus níor fhéad sé stop go ceann chúig neomataí. Ansan, chuir sé dhe an gáire, fé mar ná beadh inti ach racht eighdeána, agus do mhínigh sé dhom — cé nach róchruinn a dhein sé é, mar bhí mearthall éigin aigne fós air — na gnóthaí a bhí ar siúl aige féin agus ag na daoine eile sa chomhluadar.

"In airde san áit eile," ar seisean liom, "tá Tigh Mór agus duine ana-ghalánta atá ina chónaí ann. Ní bhíonn aon ní le déanamh ag an bhfear san fan an lae ach bheith ag meilt na haimsire dhó féin ag cnósach rudaí, agus is iad na rudaí is mó go bhfuil cnósach aige dhíobh ná focail."

"Sea, focail," ar seisean thar n-ais, nuair a chonaic sé mé ag cur cochaille orm féin. "Tá cnósach focal agus abairtí Gaeilge ag an bhfear san nach bhfuil a leithéid le fáil in aon áit eile ar domhan, ná fén domhan. Tá focail agus abairtí aige, scéalta agus dánta, agus ní scaoilfidh sé oiread agus aon fhocal amháin díobh fé bhráid an phobail. Ionas ná beidh orainne dul ag lorg na dea-Ghaeilge féadfaimíd an cóngar a ghearradh agus an carn focal san a ghoid uaidh."

Ní raibh fhios agam ar an bpointe sin ceocu ar chóir dom buille dornáin a thabhairt dom dhuine, nó creidiúint a thabhairt dá scéal. Ní raibh scéal den tsórt san cloiste agam riamh lem shaol. Ní rabhas ábalta a dhéanamh amach ceocu an ag magadh fúm a bhí sé nó dáiríribh.

"Tú féin a chuir ar bhóthar ár leasa sinn, a Cheannaí," ar seisean liom. "Mara mbeadh go rabhais féin anso ní fhéadfaimís tabhairt fén obair seo in aon chor. Is agatsa atá taithí ar na cúrsaí seo, a mhic, agus taithí a dheineann máistreacht. An té ná fuil taithí aige ar na rudaí seo is fuiriste é a bhaint dá threoir."

Cé go raibh tamall maith caite agam san áit úd fén am so ní raibh aon tuairim agam go dtí sin ar cad a bhí ar siúl inti. Ach an fhaid a bhí mo dhuine ag caint ar "thaithí" agus ar "mháistreacht" agus ar a raibh agam díobh araon, shíleas agus mé ag féachaint thart timpeall orm go bhfeaca gilleacht éigin im cheann. Bhí i bhfoirm mar a bheadh solas na tuisceana lasta i bhfad siar im chloigeann. Bhí an solas ag dul i méid agus i ngléiní fé mar a bhíos ag déanamh air. Ach pé ar domhan é ba dhóigh liom go raibh sé ag bailiú leis riamh is choíche gur shroiseas ceann mo riain. Ansan tháinig lár mo chuimhne chugham: b'ar an dTigh Mór a bhí an tUachtarán ag caint, agus ar an ngnó a bhí agamsa sa robáil!

"Tá'n tú liom anois, ná fuil?" arsa an tUachtarán fé dheireadh. Thuigeas ar an bpointe sin cad a bhí idir lámha aige, agus ag an ndream eile, leis.

"Tuigim go cruinn tú," arsa mise, agus scaoileas saor é ón ngreim a bhí agam air. "Níl ach aon rud amháin ag déanamh buartha dhom," arsa mise arís. "Cad é an gnó atá agaibh den gcarn focal Gaeilge?"

Leis sin do leath fátha an gháire trasna ar a bhéal.

"Á!" ar seisean. Dhírigh sé an carabhat a bhí air agus bhagair lámh orm teacht leis.

Níor chuamair isteach arís sa chófra, cé gur isteach tríd an doras céanna a chuamair gur mheasas a bheith ar an gcófra roimis sin. Ar an dtaobh thiar den doras so, áfach, bhí staighre ag gabháil in airde sa tigh, agus síos go dtí íochtar an tí chomh maith. Dúirt mo dhuine liom fanacht mar a rabhas. Chuir sé an staighre dhe suas ansan agus ní raibh sé i bhfad in airde nuair a d'fhill sé agus fomorach éigin coinnleora aige ná feacathas a shamhail roimis sin i dtigh m'athar.

"Cad 'na thaobh ná fuil an solas ar lasadh istigh anso agaibh?" arsa mise, ar mhaithe le comhrá. Ní dúirt sé focal, ach cipín solais a bhaint amach as bosca agus é a lasadh. Chuir sé tine leis an gcoinneal ansan agus leog an bosca isteach im láimh agamsa.

"Bheartaíomair ar fuinneog a bhriseadh amach i

ndroim an tí," ar seisean go ciúin, agus ba léir gur mar fhreagra ar mo cheist a dúirt sé é, "a thabharfadh breis solais don staighre nuair a bhí sé á dhéanamh. Chuireamair fios ar shaor agus tháinig sé. Do pholl sé an falla i gcomhair na fuinneoige — agus ba bhreá chuige é! — ach má pholl níorbh fhearrde an solas é."

Uim an am so bhí foithin ghloine curtha aige anuas ar an gcoinneal agus solas breá leathan á chaitheamh timpeall air. Ní mó ná suaimhneasach a bhíos féin, áfach, agus scáthanna fada dubha dhom leanúint anuas an staighre.

"Cheap an Fear Mór," ar fear an choinnleora thar n-ais, "go raibh sé chomh maith againn tosnú ar an staighre in éagmais an tsolais.

"Sáigh leat!" ar seisean. "Tá lár lom agat! Gheobhair an t-adhmad thuas sa liní."

"Fuair mo dhuine an t-adhmad sa liní agus má fuair, b'in é an t-adhmad go raibh an scartáil agus an pleancadh agus an bualadh bacs roimis! Bhí sé ag slaiseáil agus ag gearradh agus ag bearradh, agus dá bhfeicfeá an déanamh a bhí ar an staighre ina dhiaidh déanfá t'anam!

"Ní raibh trácht ar thionúr ná ar mhóirtís, ná ní fheadair sé pioc mar gheall orthu, ach leogaint dosna tairingí an gnó a dhéanamh. Bhí sé ag gabháil dosna coiscéimí, á dtárnáil roimis anairde — féach gur thosnaigh sé ag a' bun! — gur tháinig sé go dtí an casadh, agus dá mbeadh sé ann ó shin ní fhéadfadh sé an casadh a thabhairt isteach.

"Bhíos ag cuimhneamh", arsa an siúinéir, "gurbh é an bás gan dabht atá os ár gcomhair amach. Tá sé i ndán dúinn go léir."

"B'fhusaide é," arsa an Fear Mór leis, "dá mbeadh an

staighre romham amach."

Uim an am so bhí breis agus míle coiscéimí curtha dhínn ag an mbeirt againn, agus gach aon chosúlacht ar chúrsaí ná rabhamair i n-aon ghiorracht dár gceann riain. Bhíomair ag dul timpeall agus timpeall, síos agus síos, agus níorbh é an talamh a bhí ag éirí chugham ach mo dhinnéar. Ansan do thugas fé ndeara ar an bhfalla taobh liom sraith pictiúirí go raibh fráma breá ornáideach le gach ceann acu.

"Céra pictiúr é sin ar an bhfalla?" arsa mise, féachaint an bhféadfainn fear an choinnil a chiúiniú.

Stad sé láithreach agus chuir sé cluas air féin. D'fhéach sé in airde an staighre agus d'fhéach sé síos, agus níor labhair focal. Nuair a bhí breithniú déanta aige chun a shásaimh d'ardaigh sé an coinnleoir chun go mbeadh lán an phictiúra le feiscint fé sholas an choinnil.

"Sin é an Fear Mór," ar seisean. "Ceithre bliana fichead a bhí sé nuair a tógadh é sin. Dála an scéil, nach breá galánta an chulaith éadaigh í sin, an té thabharfadh fé ndeara i gceart í! Agus an bhfeiceann tú an folt gruaige? Bhí folt fáinneach fionn air ná feicfeá a leithéid ar éinne den mhuintir atá ag imeacht anois, is cuma liom ceocu fir nó mná iad!"

"Díreach mar a bheadh muing chapaill," arsa mise liom féin. Dá bhfeicfeá an síneadh amach a bhí ar mo dhuine sa phictiúr! Bhí sé cóirithe suas fé éadaigh bhreátha mhaisiúla agus is dócha go mbíodh na tuartha fáilte roimis agus an uile shaghas duine ag umhlú dhó — ar eagla gur chuireata iasachta é nó fear ón gCáin Ioncaim, agus go mbeadh ina mhairg orthu dá nglacfaidís fé bhun a chúraim é.

Féach gurb é an t-éadach an duine i gcónaí riamh, ar

gach sórt tionóil! Bhí mo dhuine sa phictiúr úd chomh hard san, agus bhí oiread san spéacla os comhair a shúl aige go gcuirfeadh sé crann solais i gcuimhne dhuit nuair a bhí an solas ón gcoinnleoir ag leathadh ar an bpéint. Ní raibh fonn ar an Uachtarán, áfach, am a chaitheamh ag píordáil timpeall ar phictiúirí, agus dhírigh sé ar thuilleadh den staighre a chuir de.

Fé dheireadh agus fé dheoidh thánamair go deireadh agus go bun an staighre. Chuir an tUachtarán an coinnleoir isteach sa láimh agamsa agus chuaigh ag cuardach eochrach a bhí in áit éigin in aice an dorais. Tháinig sé ar an eochar gan mórán moille agus bhuail isteach sa ghlas í. D'oscail an glas agus sháigh an doras isteach roimis.

CAIBIDEAL A SEACHT

B'fhéidir gur rud éigin i bhfoirm faitís a bhí orm sara d'fhéachas isteach tríd an doras, ach nuair a bhí radharc mo shúl sa cheart arís agam ní raibh aon choinne agam lena raibh le feiscint laistigh. Halla mór ard a bhí ann agus é a dhá oiread níos mó ná aon halla eile dá shórt a bhí feicithe agam go dtí sin. Ar dhá thaobh an tseomra nó an halla so bhí botháin bheaga adhmaid ag síneadh amach i dtreo lár an halla, agus leata amach os a gcionn, ó thaobh taobh an halla, bhí feistí ornáideacha go raibh fógraí fite fuaite isteach iontu. Uimhreacha amháin a bhí ar na feistí, óna haon go dtína cúig, agus an halla mór roinnte ina chúig choda eatarthu.

Bhí meitheall mhór daoine ag brú ar a chéile timpeall an halla, cuid díobh ag teacht isteach ann agus cuid eile ag imeacht agus tuilleadh acu ag siúl ó bhothán go bothán ar dhá thaobh an halla. Nuair a shiúlas féin agus an tUachtarán isteach sa halla i dteannta a chéile thosnaigh an cogarnach im thimpeall, ach ar ndóin do thuigeas láithreach an babhta so caidí an bhrí a bhí léi.

"Ar airís riamh trácht ar athbheochaint na Gaeilge?" arsa an tUachtarán liomsa.

"D'airíos go minic," a dúrtsa, "ach níor dheineas aon ní den chaint."

"Tá sí ansan os do chomhair agat anois," a dúirt sé.

B'iúd os mo chomhair an Diabhal agus — dála mar a

dúirt an file — bhí a chairde agus a ghaolta go fairsing ar gach taobh do.

"Bhuel!" arsa mise. "Is beag an ionadh liom an aimsir a bheith mar atá sí!"

An fhaid a bhíos féin ag féachaint timpeall bhí an tUachtarán ag bailiú bileog eolais agus páipéar éagsúil go raibh litreacha i ngach treo orthu. Bhí "coinnigh é seo go mbeiread air siúd" aige le méid agus le déine agus le mórthrácht na hoibre a bhí idir lámha aige. Thug sé isteach sa chéad bhothán mé.

"Tugaimíd An Chéad Díochlaonadh ar na botháin seo inár dtimpeall," arsa an tUachtarán liom, "toisc ná baintear úsáid ach as focail den gcéad díochlaonadh sa saothar a bhíonn á chur le chéile iontu. Bíonn oibritheoirí ag beartú pinn anso isló a's istoíche chun saothair a chuir ar fáil do lucht léitheoireachta na Gaeilge ná fuil taithí acu fós ach ar na hainmfhocail sa chéad díochlaonadh."

Dheineas dícheall gan sceartadh gáire a chuir asam. Thánamair go dtí bothán beag go raibh fógra ar pholla lasmuigh dhe. Clár iarainn ab ea an polla agus cos mhór fhada ag gabháil leis. Bhí an scríbhinn leata amach i litreacha móra arda treasna an chláir:

A CURSE A DAY!

"B'fhearra dhuit Gaeilge a bhualadh ar an dtaobh eile dhe anois," arsa an tUachtarán leis an bhfear a bhí istigh sa bhothán.

"Cad í an Ghaeilge a chuirfeása air?" ar seisean. "Níl aon fhocal sa chéad díochlaonadh a 'riúnódh an fógra san. Caithfear tabhairt fén ngnó sa tarna díochlaonadh."

"Conas adéarfása é, a Cheannaí?" arsa an tUachtarán liomsa ansan.

SCAOILEADH MAR SCEIMHLE AGAT!

D'fhéach an tUachtarán ormsa agus ar an bhfear beag, agus ba léir go raibh sé ana-shásta leis an bhfreagra. Leanamair ar aghaidh ansan go dtí an chéad sraith eile bothán.

"Táimíd sa tarna díochlaonadh anois," ar seisean, agus is i sanas a dúirt sé liom é. Ba léir go raibh obair dhian ar siúl sa tarna díochlaonadh mar bhí scata fear ag allagar agus ag argóint, agus ní rabhadar ag teacht ar aon réiteach.

"Labharfadsa leis," arsa duine acu fé dheireadh. "Níl aon dul as againn. Rud is ea é a chaithfear a dhéanamh agus níl againn ach bheith ag brath ar an Údarás."

Tháinig sé anall chughainn ansan agus d'umhlaigh don Uachtarán.

"Gabhaim párdún agat, a dhuine uasail," ar seisean, "as bheith ag cur isteach ort ar an gcaoi seo, ach tá ag teip orainn tosach maith a cheapadh i gcomhair an scéil atá á chumadh fé láthair againn. Tá deireadh an scéil againn agus lár an scéil, ach níl aon tosach againn air. Ar an ábhar san bhíomair ag cuimhneamh go mb'fhéidir go mbeifeása ábalta an bhearna a líonadh dhúinn."

Ba léir, áfach, ná raibh oiread samhlaíochta ina cheann ag an Uachtarán agus a líonfadh méaracán, gan trácht ar an gKyber seo na cumadóireachta. Bhí sé ag studaraíol, bhí sé i gcás idir dhá chomhairle, bhí sé idir an dá stól, bhí sé i bpunc.

"Tá daoine a déarfadh," arsa mise, agus gan mheas agam ar mo chuid cainte, "go mbuafadh an deamhan glan ar an aingeal in aon chomórtas ceapadóireachta."

D'fhéach an t-údar ar an Uachtarán agus d'fhéach an tUachtarán ar an údar, agus d'fhéachadar a ndias ormsa.

"Déanfaidh sé an gnó go hálainn," arsa an tUachtarán

leis an údar ansan, agus chuaidh an t-údar i mbun oibre arís láithreach, agus ba mhó ná sásta a bhí sé le cúrsaí.

"Samhlachas, tá's agat," arsa an tUachtarán, agus chroith sé a cheann. D'fhiafraíos den Uachtarán ansan cérbh í an chúis a bhí leis an obair seo go léir, agus do mhínigh sé dhom cás an Fhir Mhóir agus na tuairimí a bhí aige i dtaobh na Gaeilge. Bhí sé buailte isteach ina aigne ag an bhFear Mór, de réir dhealraimh, gur mhithid scoláireachtaí a chur ar fáil do dhaoine óga go mbeadh féith na scríbhneoireachta iontu.

"Is trua leis," arsa an tUachtarán liomsa, "ná fuil aon aird ar an obair seo ag formhór na ndaoine a bhíonn ag roinnt an léinn."

Dúrt leis gur thuigeas a chás.

"Deirtear gur fear feasa tusa anois," ar seisean thar n-ais, nuair a bhíomair tagaithe go dtí an chéad bhothán eile.

"Tá sé ráite," arsa mise.

Chaith sé chugham ar an mbord ansan cóip úrnua den saothar a bhí á chur le chéile sa bhothán san.

"B'fhéidir go bhfaighfeása rud éigin le cogaint ansan," ar seisean.

Sealús príobháideach ab ea an uile fhocal den cheapadóireacht sa chnósach. Bhí sé mar a bheadh *Dead Sea Scroll* á léamh agam — á shíneadh amach uaim, féachaint an bhfaghainn aon treoir chuige.

"Shéid gaoth sa chrann agus fead éan," an chéad abairt a bhí ann, ach níor thuigeas focal dá raibh á rá ag an údar. Thugas tamall á mhéarú ach ní raibh sé de mhisneach ionam mo bhreithiúnas a thabhairt go macánta dhó ar an obair.

"An amhlaidh ná fuil aon mhaith ann?" ar seisean liom, tar éis scaithimhín.

"Cé go mbraithim go bhfuil an t-údar ag gabháil don scríbhneoireacht le fada," arsa mise agus mé a d'iarraidh teacht ar fhreagra éigin ná goilfeadh go ró-mhór air, "agus cé go bhfuil samhlaíocht a dhóthain aige, braithim easnamh éigin ar an síneadh amach."

D'fhéach an tUachtarán orm ar feadh neomait.

"Cad tá in easnamh ar an ndéantús san?" ar seisean, agus bhain sé as mo láimh é, ag díriú ar é a scrúdú dhó féin.

"'Neosfadsa dhuit," arsa mise. "'Sé an t-easnamh é an treoir a bheith róshoiléir. 'Sé sin, ná beadh aon duic ort a chuid smaointe a leanúint. Diamhaireacht atá in easnamh air."

Faid is a bhí na nithe seo go léir á rá agam bhí leath dá mhallaíocha ag éirí in airde ar chlár a éadain, agus nuair a dúrt an focal "diamhaireacht" thit an malla anuas arís ar a shúil.

"Tá samhlaíocht ann," arsa mise. "Tá rithim ann. Tá cruinneas ceart cainte ann. Do thuigfeadh an léitheoir féin é."

"Agus nach chun go dtuigfí é a cheapas é?" arsa fear beag maol teircfheolach caolchrácach a bhí ina shuí sa chúinne, agus tur go maith a dúirt sé é. An t-údar a bhí ann, ní foláir.

"Ar ndóin, mara dtuigfí é níorbh fhiú dhom bheith ag gabháil dó in aon chor," ar seisean thar n-ais.

"Tá mearthall ort," arsa mise, agus nuair a bhí sé ráite agam dhírigh mo dhuine sa chúinne ar cuardach a dhéanamh ar a chuid éadaigh, fé mar a bheadh rud éigin imithe i bhfolach iontu.

"Duine ann féin is ea an scríbhneoir," arsa mise, gan aon aird á thabhairt agam ar an lorgaireacht. "Mara bhfuil sé ar leithligh ón gcuid eile den gcine daonna ní scríbhneoir é."

"Ráiméis," ar seisean, agus d'iompaigh sé aniar arís ar a chuid oibre. Chaith an tUachtarán uaidh an leabhar ar an mbord agus rug leis mé go dtí an chéad sraith eile bothán. Ní raibh éinne ag obair sa bhothán so, ach bhí páipéir agus pinn agus leabhair scaipithe ar fuaid an bhúird ann. Ní raibh an t-oibrí láithreach an lá san, de réir dhealraimh, mar do bualadh suas é i dtúis an earraigh i gcás gurbh éigin dó roinnt laethanta a thabhairt sa leabaidh go mín macánta.

"Togha scríbhneora is ea mo dhuine," arsa an tUachtarán liomsa i dtaobh an oibrí. "Tá saothar mór próis idir lámha aige fé láthair ach tógfaidh sé blianta air é thabhairt chun críche. Focail sa cheathrú díochlaonadh atá ar an dtaobh thiar dó agus tá súil aige go nglacfar leis mar *standard work* lá breá éigin."

Bhí liosta fada focal in airde ar an bhfalla sa bhothán agus trácht air ar a raibh á dhéanamh ag mo dhuine mar mhaitheas don Ghaeilge. Sid í cuid den díolaim a bhí le tabhairt chun cinn aige:

Cúirt an Mheán-Lae (dán)
Builitéar fé ndear é (scéal lorgaireachta)
Píonam Peánam (scéal streille)
Cnósach focal agus abairtí crua-Ghaeilge

Ba thuigithe gur dheocair don té go mbeadh oiread san iarnaí sa tine aige puinn aimsire a thabhairt ar fhleasc a dhroma sa leabaidh, agus ba mheasa ná san é don phobal a chaithfeadh déanamh ina éagmais.

"Dá mb'áil lem dhuine rud a dhéanamh ormsa," arsa an tUachtarán go truaimhéileach, "agus an leaba a

thógaint in am leis an ngalar gránna úd ón aird thoir ní
bheadh sé mar atá sé anois, ina mheagadán gan éifeacht.
Ach níorbh aon mhaith bheith leis. 'Gach éinne ar a thoil
féin agus Maolmhuire ar a shámhthaigh'."

Chroith sé a cheann mar thionlacan dosna focail sin,
bhailigh na paipéir ar fad ar an mbord le chéile agus chuir
i dtaisce iad isteach i gcófra.

"Ní chreidfeá an cúnamh a bheidh le fáil ages na fir
seo go léir timpeall orainn anso," ar seisean, "ón gcnósach
focal san a luas leat ó chianaibh atá i bhfolach san áit úd
thuas staighre. Nuair a bheidh an cnósach san goidithe
againn ní bheidh aon srian orainn as san amach."

Thug sé cuntas gairid ansan dom ar na gnóthaí go léir
a bheadh ar a gcumas acu iad a dhéanamh nuair a bheadh
deireadh lem chuid oibrese, agus bhí sé á chur in úil dom
ná beadh teora leis an saol le breáthacht a bheadh ag
léitheoirí na Gaeilge sar i bhfad. Ba chríochnaithe an
moladh orm é agus ba bhinn.

Thuigeas go maith ansan cérbh é an gnó a bhí acu
díom, gurbh é foghail an Tí Mhóir a chuir chugham iad.
Ach ní raibh puinn tuisceana agam ar an gcaoi a dtánadar
ar an scéal, ná cérbh é an scéal féin. Pé in Éirinn scéal é,
áfach, fuair sé gaoth agus grian.

Bhíomair tagaithe fén am so go dtí an tsraith
deireanach desna bothán sa seomra mór, ach timpeall ar
an traith seo bhí falla ard adhmaid ar gach taobh, marab
ionann agus na sraitheanna eile. Anairde ar an doras bhí
fógra buailte ar pháipéar buí:

AN CÚIGIÚ DÍOCHLAONADH

"Cuimhnigh cá bhfuilim ag caint leat," ar seisean os

íseal, agus d'oscail sé an doras. Ní raibh aon difríocht ó thaobh leagan amach de idir na botháin seo sa chúigiú díochlaonadh agus na botháin eile go rabhamair iontu cheana féin, ach go raibh ciúnas éachtach uaigneach sa seomra so.

Tugadh isteach mé taobh thiar de bharrlín leathan bán a bhí ar thaobh na láimhe clé sa seomra. Fágadh i m'aonar mé ar feadh cúpla neomat agus ansan d'fhill an tUachtarán orm arís agus fear eile ina theannta. Níor chuir an tarna fear aon fháilte romham, ná níor chuir in úil go raibh fáilte ag dul dom. Bhí cnósach páipéar ina láimh aige, áfach, agus is iad a chuir sé romham.

"Féach," ar seisean. "Táim a d'iarraidh liosta d'fhocail agus d'abairtí áirithe a dhéanamh suas agus ar mhiste leat lámh a thabhairt dom. Sin é a thosach ansan."

Thiospáin sé cáipéis dom go raibh roinnt fhocal i nGaeilge scríofa uirthi.

"Cad é an gnó atá agat desna cainteanna san?" arsa mise.

"An gnó céanna atá agatsa dhíobh," ar seisean, "nó an gnó a bheadh ag éinne dhíobh. Ní fheicim in aon leabhar iad agus beidh easnamh mór ar an nGaeilge an fhaid a bheimíd ina n-éagmais."

"Chím an t-easnamh, maith go leor," arsa mise. Cnósach eascainithe a bhí sa leabhar aige, na heascainithe ba bhreátha a d'airigh éinne riamh!

"Tá coiste anso againn sa Chúigiú Díochlaonadh," arsa mo dhuine liom arís, "coiste téarmaíochta is ea é, coiste go bhfuil sé mar chúram air seó Éireann téarmaí taircisniúla Gaeilge a sholáthar chughainn a chuirfeadh meidh ar meidh le gach aon teanga eile sinn agus a chuirfeadh ar ár gcumas an Ghaeilge a chuir ar fáil ina beathaidh, mar ní haon teanga í nach féidir *roosters* a sholáthar dá lucht úsáide."

"Teanga ar bith a bhfuil meas aici uirthi féin, bíonn focail den tsórt san le fáil inti," a dúirt an saineolaí.

"Is rómhaith is eol dúinn an díobháil atá déanta cheana a's atá á dhéanamh anois féin leis an bhfaillí a deineadh sna téarmaí a sholáthar in am. Sa chnósach atá ag an bhfear úd thuas staighre tá carn eascainithe ná fuil a leithéid le fáil ar domhan, mar le breáthacht agus le diablaíocht. Níl ortsa ach iad a fháil dúinn."

"An bhfuilir sásta cabhair a thabhairt dúinn san obair?" arsa an tUachtarán liomsa ansan. D'fhéachas idir an dá shúil air.

"Táim," arsa mise, "cé nár chualas riamh teacht thar teanga go raibh 'meas aici uirthi féin', ach caithfear conradh de réir sparáin a dhéanamh sa chás so."

Mhíníos dóibh ansan cad a bhí uaim agus do thoilíodar sa mhargadh. Ní raibh le déanamh ansan ach plean a leagadh amach i gcomhair na foghla.

"Cathain a bheimíd ag imeacht?" arsa mise leis an Uachtarán.

"*Tuesday*," arsa an fear eile.

"Beidh an Béarla breá san agamsa, leis, lá éigin," a dúirt an tUachtarán.

"Agus cad é an lá den tseachtain é inniu?" arsa mise.

"*Tuesday*," arsa an fear eile arís.

"An amhlaidh a bheimíd ag imeacht inniu, mar sin?" arsa mise mar fhreagra air.

"Ní bheimíd," ar seisean. "Inniu Dé Máirt, beimíd ag imeacht umanoiris."

"Ach Déardaoin a bhéas ann umanoiris," arsa mise.

"Ní hea in aon chor," a dúirt sé. "Níl ach an dá lá sa

tseachtain againn — Dé Máirt (nó *Tuesday*) agus Déardaoin. Maran Déardaoin a bheas ann umanoiris is Dé Máirt a bheas ann."

Cé ná féadfaí aon ní a chaitheamh lena raibh ráite ag mo dhuine, mar le símplíocht cainte agus eile, níor chuireas in úil dó ach go raibh a chuid cainte cloiste agam, mar níor fhéadas a rá go raibh sí tuigithe. Níor fhanamair chun na ceiste a phlé a thuilleadh, áfach, ach cuireadh sa leaba mé go dtí larnamháireach.

CAIBIDEAL A hOCHT

Bhíos ag machnamh ar an scéal i rith na hoíche, ach má bhíos do b'é machnamh an duine dhoilíosaigh agam é. Bhíos á rá liom féin, dá gcastaí na daoine seo na samhlaíochta ort i lár an bhóthair, cuir i gcás, go raghainn i bhfad ar a rá go ndéarfaí go rabhadar buille beag éadrom iontu féin. Níor fhéadas dearúd a dhéanamh, áfach, ar na himeachtaí a d'imigh orm i rith an lae roimis sin, agus go mórmhór ar an gcarn eascainithe. Ar ndóin, ba dhiabhal an cuimhneamh é! Níor airíos aon stop riamh á chur le heascainithe, ná le heascainithe Gaeilge, agus bhíodar san go tiubh i ngach treo baill. Ní baol ná go ndearúdfaí aon cheann acu, pé rud a dhéanfaí leis na paidreacha. Éinne go leagfaí air iad níorbh aon ionadh liom dá gcuirfidís síos tríd an dtalamh é!

Chaitheamair lán an lae larnamháirigh ag ullmhú i gcomhair na foghla, agus ní miste a rá gur dian a chuir lucht na háite chúiche. Níor míníodh domhsa cad a bhí ar siúl ná cérbh é an plean, ach mé féin d'fháil ullamh i gcomhair na hoibre. Fé dheireadh, tháinig scata mór fear agus ban le chéile lasmuigh den halla mór, boscaí móra in airde ar a nguaillne ages na fir agus feistí áillne daite go raibh sigirlíní leo ar na mná go léir.

Bualadh chun bóthair gan a thuilleadh moille, agus mise i lár baill eatarthu. Oíche bhreá spéirghealaí ab ea í

66

nuair a thánamair go talamh, agus do bhí radharc againn ar an dúthaigh ar fad timpeall orainn — agus ar ndóin, níor mhiste radharc a thabhairt ar a raibh leata ansúd os ár gcomhair fé sholas buí na gealaí.

Bhí fear fartha fágtha an oíche roimis sin acu ar an mbóthar agus bhí sé ansúd ag casadh an bhóthair agus é ag meilt na h-aimsire ar a bhog-stróc.

"An bhfuil gach aon ní socair agaibh?" ar seisean leis an Uachtarán nuair a tháinig sé i ngiorracht dó.

"Mar dhea ná fuil!" a dúirt an tUachtarán, garbh go leor. Scaipeadar an dream eile daoine amach i dtreo na ngort a bhí ar dhá thaobh an bhóthair agus dhíríodar ar na nithe a bhí sna boscaí a bhaint amach astu.

Níorbh fhada go bhfeaca an fear fartha chugham agus níor thóg sé a cheann go raibh sé díreach ar m'aghaidh amach,

"Sea, a chomrádaí," arsa mise leis, "ní fheadar cad a dhéanfaidh an aimsir anois. Tá feabhas éigin ar an oíche seochas an mhaidean. Tá an spéir ag glanadh thiar agus tá an ghaoth aduaidh."

"Ní fheadarsa cá bhfuil an ghaoth, ná níor fhéachas," ar seisean go tur cabánta beagmhaitheasach. Níor fhan sé chun a thuilleadh a rá ach seile a chaitheamh ar bhoic an bhata siúil a bhí aige agus gabháil thorm síos ar geamhshodar. D'fhill sé arís orm i gcionn neomait nó dhó agus an caipín ar a cheann ar thaobh Chille Dara aige. Nuair a tháinig an tUachtarán chugham ar a thorcaid do bheartaíos ar rud éigin a rá leis, chun é a thriail. I dtreo a's ná beadh sé 'om bhodhradh le ceistiúchán dhíríos féin ar bheith á cheistiú-san.

"Ní fheadar an bhfuil an oiread gáirí á dhéanamh lenár linn féin agus a deintí roimis seo?" arsa mise.

Bhain an tUachtarán amach an píopa a bhí ina bhéal aige agus d'fhéach sé isteach sa chloigeann air. "Galar tógálach is ea an gáire," ar seisean. "Cuireadh amach i dtaobh an Fhir Mhóir nár dhein sé gáirí ná gol riamh. Ach in aon fhocal duit amháin déarfadh sé: 'sé rud is mó atá i gcoinnibh sceartadh gáire, nár ghá d'éinne a théarma a thabhairt á fhoghlaim. Tá sé ar aon dul leis an ngol sa tslí sin,' a déarfadh sé: 'Níl pioc ar an dtaobh thiar de ach dúchas an daonnaí, agus loiteann san é.'

"Ar ndóin, ní rithfeadh léann duit ar an gcuma san," arsa an tUachtarán, agus tháinig sé os mo chomhair amach. Chroith sé lámh liom agus dúirt:

"Go n-éirí leat, a Cheannaí."

D'imigh sé leis ansan agus d'fhág sé i m'aonar mé. Bhíos ag féachaint uaim anonn ar íor na spéire, mar a raibh ceo doininne ina thulcaí, nuair a labhair an guth caol taobh liom, agus ina dhiaidh san ní raibh éinne le feiscint ann. Labhair an guth an tarna huair agus d'fhreagraíos é, á leogaint orm nár dheineas aon ní den chaint.

"*Will ye come on!*" arsa an guth ansan, de bhéic, agus nuair a d'fhéachas timpeall bhí firín beag teircfheolach — geall leis mar a bheadh scáil i mbuidéal — ina sheasamh ar thaobh an bhóthair. Dhein sé comhartha chugham é leanúint agus bhuaileamair ar aghaidh tríd an gcoill.

Ní rabhamair ach cúig neomataí ar an gconair nuair a stad mo dhuine agus chuir cluas air féin. Chrom sé síos chun an talaimh agus chuir a chluas leis, féachaint an bhféadfadh sé aon fhuaim a chlos. Is cosúil gur airigh sé rud éigin, mar d'iontaigh sé ormsa agus dúirt:

"Iad-san atá ag teacht — as Tuatha Luachmhara atá siad ag teacht. Ní bhíonn ach aistear gairid orthu gach lá. Téimís i leataobh ar an dtaobh thiar den gcarn cloch so agus beidh radharc maith againn orthu a's iad ag gabháil thorainn."

Níorbh fhada go dtí go ndeineamair amach ar an mbóthar, a bhí i ngeall leis glan, scata fear agus feistí aisteacha orthu. Agus os a gcionn bhí ar chomh-dhul leo brat ceo bóthair a's é ag sceitheadh amach thar na cladhthacha ar gach taobh díobh. Bhí an deatach púdair ag déanamh dubhluachair den oíche.

Sochraid a bhí ann agus í ag gabháil siar chuig reilig Chille Muire, ach níor dheineamair mórán den gcónra. Is ar na fir seo na sochraide a bhí m'aire dírithe. Bhíodar ag gabháil thorainn agus ag gabháil thorainn sa chaoi gur cheapas ná beadh a ndeireadh gafa thorainn choíche. Mheasas go raibh roinnt mhíltí acu ann. B'fhéidir, áfach, dá ndeintí iad a chomhaireamh nár ghaibh thar trí nó ceathair de chéadaibh acu thorainn, ach pé méad acu a bhí ann mheasas féin gurbh ait an tsochraid í a bheadh amuigh ar an mbóthar i lár na hoíche, agus go mbeadh na céadta daoine ag siúl inti.

B'é an rud ba mhó ina dtaobh gur chuireas suim ann, áfach, ná go raibh a cheann féna ascaill ag an uile dhuine acu. Nuair a chonac an síneadh amach a bhí orthu do shéid cóta fuarallais tríom amach. Uim an am go rabhadar go léir imithe siar an bóthar bhí tuilleadh agus mo ghoile ag glaoch orm.

Níor thug an firín beag aon aird ar an ndream so, ná níor chuir aon ionadh iontu, i dtreo a's gur shíleas go raibh nithe den tsórt san feicithe go minic cheana aige. Lean sé air tríd an gcoill agus ba dhóigh leat ar an imeacht a bhí fé gur piscín cait gurbh ea é. Bhí comhntráth na hoíche ann nuair a thángamair go dtí béal na coille móire. B'iúd os ár gcomhair amach, geall leis leathmhíle slí uainn, tigh mór

ard agus é fé mar a bheadh sé a d'iarraidh éalú ó sholas na
gealaí. Ba léir air go mbíodh an t-eidhneán ag fás go
tiubh ar na fallaí, tráth den tsaoil, ach bhí na fuinneoga
glan toisc gur scartáladh as an áit an t-eidhneán le
deireanaí, i dtreo's go raibh solas na gealaí ag leathadh
isteach tríd na fuinneoga — agus, ar ndóin, is fearrde don
tsláinte é bheith amhlaidh.

Bhí solas ar lasadh istigh i seomra amháin sa tigh
agus bhí ruibín deataí ag crothadh san aer os cionn an
tsimné. Cé go raibh an oíche titithe le tamall ag an am san
ba léir ná téadh lucht an tí sa leabaidh go ró-luath.

Dhíríos ar an bhfirín beag a bhí in éineacht liom, chun
ceist a chur air, ach ní raibh aon tuairisc fanta air uim an
am gur tháinig m'aire ina threo arís. Bhíos in amhras an
t-am ar fad i dtaobh an dreama eile go rabhas leo níos
luaithe san oíche, agus shíleas go mb'fhéidir gur rudaí
éigin nár bhain leis an saol so gurbh ea iad. Ní fheadair
éinne cá gcaitheann an slua san an lá ach bíonn siad
amuigh leis an oíche, ar ndóin, go reigleáltha. Dealraíonn
an scéal go raibh mo dhuine tanaí an uile bhlúire chomh
neamhshaolta leis an ndream eile, i dtús a shaoil ar aon
tslí (más saol ba cheart a thabhairt air).

Bhíos chun cur ar mo chúl ansan díreach nuair a
d'airíos fuaim éigin ar an dtaobh thuaidh den tigh mór.
Níorbh fhuiriste í a dhéanamh amach ar dtúis, ach nuair a
tháinig sí níos giorra dhom shíleas gur ceol uirlise a bhí
ann. Níorbh fhada ina dhiaidh san go bhfuaireas
comhartha lem thuairim agus bhí an ceart agam i dtaobh
na fuaime, maith go leor, mar tháinig buíon cheoil
timpeall an chúinne agus ní raibh aon teora leis an dtorann
a bhí ag teacht uathu. Cuireadh soilse eile ar lasadh sa
tigh, seochas an chinn a bhí ar lasadh sa seomra

íochtarach, agus chruinníodar lucht an tí ag na fuinneoga. Tháinig an bhuíon cheoil le chéile timpeall ar phóirse an tí agus chuireadar iad féin in ord chun seinnte. Bhí na huirlisí ansan os a gcomhair acu, agus na ceoltóirí ab fhearr ar domhan!

D'oscail duine de mhuintir an tí fuinneog ag barr an tí agus shín sé amach a cheann.

"Cad é an gnó atá agaibhse anso an tráth so den oíche?" ar seisean, agus is beag fáilte a bhí ina ghlór aige. Ní dúirt éinne den bhanna ceoil focal mar fhreagra air, ach a n-aire a choimeád ar an ngnó a bhí acu. Níor chaitheadar aon phas ama ag cleachtadh, ná níor ghá dhóibh é, mar do sheinn duine desna ceoltóirí port ar an bheidhlín agus do mhol an chuideachta an ceol. Do sheinn an tarna duine port feadaíola agus do mhol an chuideachta é. Sheinneadar ina nduine agus ina nduine agus ag dul i bhfeabhas siar a bhíodar. Ansan do sheinneadar go léir ar aon tsiolla le chéile, agus dúirt an chuideachta nár airíodar riamh aon cheol ba bhinne ná ba mhilse ná an ceol a sheinneadar súd. B'é an ceol ab fhearr é d'airigh an chuideachta san riamh osna fir sin ná ó aon lucht ceoil eile.

Níorbh fhada go raibh na daoine ag doras an tí fé dhraíocht ag an gceol, ach bhí cuid acu fós laistigh agus tháinig cailín breá folt-fháinneach amach os comhair na cuideachtan. Bhí feadóg stáin ina láimh aici agus b'fhuiriste aithint uirthi go raibh taithí aici ar í a úsáid. D'iarr sí braon fuisce ar an bhfear ba ghiorra dhi, fuair agus d'ól go pras é. Nuair a bhí sé ólta aici thosnaigh sí ar an bhfeadóig agus ar bheith ag rince, agus b'fhuiriste aithint, leis, go raibh taithí aici ar an dá cheird.

Ba ghearr gur tháinig a raibh eile sa tigh amach ag

féachaint uirthi, idir óg agus críonna. Fuaireadar ana-phléisiúr inti agus chuireadar fear labhartha go dtí ceannaire na buíona á rá leis an gcailín an damhsa a dhéanamh arís dóibh agus go bhfaghadh sí scilling air.

"Fanfad anso go maidean amáireach," a dúirt an cailín, "ag rince agus ag damhsa agus ag prambarnaigh, má fhaghaim scilling ar gach aon *step* a dhéanfad!"

Fuair sí airgead ós gach éinne sa timpeallacht, fuair sí braon eile fuisce agus dhírigh arís ar an ndamhas a dhéanamh. Ach nuair a chrom sí ar dhamhas a dhéanamh ba dhá dheocra ná an damhas a bhí ar siúl roimis sin aici baineadh barrathuisle aisti agus thit sí ina pleist ar mhullach a cinn!

"Flaithis Dé, a dhaoine!" ar sise. "Ní dhéanfad an baile go deo!"

Thógadar suas í, agus an t-anam ag titim astu ag gáirí uimpi. Thugas fé ndeara an an bpointe sin ná raibh éinne ag faire ar ghnóthaí an tí, leis an suim go léir a bhí acu sa cheol agus sa rince, agus d'airíos, leis, ná raibh éinne fanta sa tigh, ach go rabhadar go léir bailithe ar lic an dorais amuigh. Bhuaileas siar ar an dtaobh thiar den tigh agus mé ag cuimhneamh ar an gcarn focal agus ar a raibh ráite liom ina thaobh.

Ní raibh aon amhras orm ná gurbh é seo an tigh a bhí luaite ag an Uachtarán agus ag an bhfear eile sa chomhrá a bhí acu liom, agus gur ag fear an tí chéanna a bhí an carn focal. Thuigeas, leis, gur d'aon ghnó a cuireadh an bhuíon cheoil chun an tí, chun an dream istigh a mhealladh amach agus caoi a thabhairt domhsa dul isteach ann. An fhaid a bhí raon súil mhuintir an tí ar an lucht ceoil bhogas féin chun siúil go dtí go rabhas ar cúl an tí. D'iniúchas an doras iata ar dtúis, ach bhí glas daingean air, agus ní raibh aon tseans gur isteach tríd an doras san a raghainn. Leagas súil ansan ar fhuinneoig na cistine agus chonac go raibh sí ar leathoscailt. Ní raibh aon mhoill orm mé féin a chur ar an dtaobh istigh den bhfuinneoig go bog agus go ciúin.

CAIBIDEAL A NAOI

Tá sé ráite ná feadair leath an domhain cad a bhíonn ar siúl ag an leath eile agus níl aon amhras ná go bhfuil bunús éigin leis an scéal san. Níorbh aon fhocal díomhaoin é ag an bhfear a dúirt go raibh ceird ag baint le gach aon ní ar an domhan so.

Cúrsaí na hoíche sin sa Tigh Mór a chuir chuige seo mé, nuair a bhíos ar tóir an chnósaigh focail úd go raibh sé mar aidhm ag an "ndeamhan ón mbaile i bhfad síos" a lámha a leagadh air. Bhíos á chuimhneamh agus mé ag lámhacán timpeall an tseomra a d'iarraidh teacht ar sholas nó ar chnaipe an tsolais ná bíonn pioc dá cheart le fáil ag an ngadaí. D'ainneoin gur den chine daonna é is ionann a chás agus cás an fhrancaigh nó an mhada rua, a d'iarraidh srap a bhaint leis ar scáth na hoíche. Ar ndóin, ní fheadair sé cad é an neomat a bhrisfí a phlaosc.

An bhfuil aon tír fé luí na gréine go bhféadfaí a rá ina taobh ná fuil gadaí ná bithiúnach inti? Níl, ná ní raibh riamh. Slí mhartha is ea gadaíl agus bithiúntaíl, ar nós gach aon tslí eile mhartha, ach nár mhiste a rá gurb í an bheatha bhriogadánach í. Fiafraigh den phobal agus desna húdair cad é an saghas saoil a bheadh acu in éagmais an ghadaí. An mó pictiúir reatha go gcuirfidís suím ann? Dá mb'é *comic* an linbh féin é, nach ar an ngadaí atá a sheasamh?

Tá glaoch ar an nglas agus ar an sabh agus ar an

74

mbólta. Tá glaoch ar an *safe* agus ar an daingean. Tá
muileann an cheardaí coinnithe ar siúl agus cé thug obair
dóibh? Cad é an saghas saoil a raghadh chun socair don
údair próis? An é an saol collóideach é, go bhfuil a pháirt
ann don ghadaí agus don bhliogard, i dteannta na coda
eile? Nó an é an saol socair síochánta é, nó tamall ar gach
aon chuma? Ní fheadair leath an domhain conas a
mhaireann an leath eile agus is dóichí gur uime sin a
bhímíd chomh deá-thuairisciúil. Is buaine an leabhar ná
an nuacht laethúil, an té go mbeadh an fhéith ann chun dul
i mbun pinn.

Ach is ag rith liom féin atáim. Istigh sa seomra a
bhíos, agus cnagarnach mo chroí 'om bhodhradh, mar bhí
faitíos an domhain orm toisc mara bhfairfeá tú féin ina
leithéid d'áit agus robáil ar siúl agat níor dhóichí scéal de
nar gur rúitín trasna an leathchinn a gheofá — mara
mbeadh an gadhar féin ar tinneal romhat. Chaitheas pas
beag ama ag cuardach an tsolais agus fé dheireadh thánas
ar rud éigin i bhfoirm lampa in airde ar bhord. Gal beag
solais tanaí a tháinig amach as an lampa nuair a chuireas
ar lasadh é, ach ba leor dhom é chun go bhfeicfinn cad a
bhí sa seomra. Ní raibh ann ach buicéidí agus
scuaibeanna agus nithe eile den tsórt san ná húsáidfí ach
chun an tí a ghlanadh agus do ní, agus níor mhóide go
mbeadh iarraidh orthu san ag an dtráth san den oíche.
Níorbh aon bhaol é ach oiread go mbeadh an carn focal le
fáil sa seomra agus dhíríos ar an ndoras chun go scaoilfinn
mé féin isteach i gceartlár an tí.

Bhí glas an dorais scaoilte agus d'osclaíos amach é
beagáinín chun súilfheachaint a chaitheamh amach sa
phasáiste. Bhíos ag píardáil ansan ag an doras ar feadh
neomait a d'iarraidh nithe a dhéanamh amach sa

doircheacht, agus fé dheireadh chonac ar thaobh na láimhe deise staighre ag gabháil in airde chun lochtaí uachtaracha an tí. Chuireas cluas orm ansan, féachaint an raibh éinne i ngiorracht dom, agus nuair ná raibh aon ní le clos do bhogas chun staighre. Ní raibh aon chairpéad sa phasáiste ach bhí cairpéad leata ar chéimeanna an staighre, agus ba bheag fothram a chuireas asam ag gabháil in airde.

Bhí ceapaithe agam gurb í ba dhóichí áit ina bhfaighinn an carn focal ná sa seomra oibre a bhí ag fear an tí, dá mb'é go raibh ceann aige. Chuas de choiscéimí boga éadroma ó dhoras go doras ar an gcéad lochta, ag éisteacht agus ansan ag oscailt an dorais isteach. Dhá cheann déag de sheomraí a bhí ar an lochta san ach ní raibh aon tseomra oibre air, ná aon ní mar é. Chaithfinn mo líon a leathadh níos sia amach.

Chuireas an staighre suas díom arís ansan agus dhíríos ar chuardach a dhéanamh sna seomraí ar an lochta os a chionn san. Níorbh fhada go dtí go raibh uair an chloig caite agam ar an gcaoi sin, agus gan aon teacht agam ar sheomra oibre ná ar charn focal. Bhí an fhoidhne caite agam, nach beag, nuair a bhí seomraí an lochta san cuardaithe agam, ach fé dheireadh agus fé dheoidh thánas ar an rud a bhí uaim.

Seomra mór dorcha ab ea é, agus fallaí fliucha timpeall air, déanta d'adhmad. Ní raibh ach an t-aon bhord amháin i lár seomra ann, agus suíochán i ngach cúinne, sé cinn díobh a bhí ann. Ar dhá thaobh an tseomra bhí na céadta leabhar ina sraitheanna néata in airde ar seilfeanna, agus ar an dá thaobh eile seomra bhí cófraí arda ag síneadh suas chun na díne. Pé eile rud a bhí sa seomra bhí carn leabhar ann, ar aon nós, ach ní raibh aon ghnó agam díobh, ná níor chuireas aon tsuim iontu.

Thosnaíos ag cuardach ag an mbord ar dtúis, i measc na bpáipéar a bhí scaipithe i ngach treo air. Nuair nár thánas ar a raibh uaim dhíríos isteach ar na cófraí a bhí ag síneadh chun urlára ar dhá thaobh an bhúird. Bhí an glas dúnta ar na cófraí íochtaracha, áfach, agus chuir san mórán moille orm. Ní raibh le déanamh agam in éagmais na heochrach ach barra an bhúird ar fad a bhaint den mbord agus na cófraí laistíos a fhágaint nochtaithe ag a mbarr. Leagas súil ar bheart páipéir istigh i gcófra amháin díobh agus thógas amach é. Bhí clúdach breá leathair air go raibh dath gorm agus dhá fhocal buailte air: AN GHAEILGE.

Thuigeas láithreach gurbh é seo an rud a bhí uaim. Níor dheineas aon ní desna páipéir eile ar an mbord, ná in aon áit eile sa seomra, díreach an cnósach a bhualadh isteach i mála páipéir agus é a chur fém ascaill. Thugas súil amháin eile timpeall an tseomra ansan agus bhogas chun an dorais. Níor chuireas cor díom ag an doras ar feadh neomait, ach éisteacht, féachaint an raibh éinne ag teacht sa treo chugham.

Bhíos ar an staighre lasmuigh gan mhoill agus níor chuireas aon ghíocs as agus mé ag teacht anuas air. D'fhéachas amach tríd an bhfuinneog a bhí os cionn an dorais ar aghaidh an staighre amach agus chonac an cailín breá fós amuigh agus í ag rince agus ag bogadaíl di féin agus don gcomhluadar a bhí cnósaithe ar an dtáirseach. Ach tasc ná tuairisc ní raibh ar an mbuíon cheoil. Níorbh fhada gur bhuail an cailín, leis, chun bóthar abhaile, agus an bhean bhocht ag titim agus ag éirí agus ag titim arís. Is amhlaidh a bhí sí ag sead-amhrán roimpe ar an mbóthar agus boscaod lán d'airgead á chur ar an bhfalla aici gach aon fiche slat, bhí sí chomh meidhréiseach san tar éis imeachtaí na hoíche.

Sara raibh an cailín imithe as radharc bhuaileas féin amach as an dtigh sa chaoi céanna gur thánas isteach ann, agus d'fhágas an tigh agus a raibh ann im dhiaidh. Ní raibh caoga slat den tslí curtha dhíom agam, áfach, nuair a chuala béicigh agus screadaíl chaoineadh á dhéanamh sa tigh ar mo chúl agus thuigeas air go raibh an fhoghail tabhartha fé ndeara ag duine éigin de mhuintir an tí.

Chuala craobhacha na gcrann á scoilt agus á mbriseadh faid ghairid uaim le neart saothair agus bhí fhios agam go raibh duine éigin nó dream éigin ón dtigh sa tóir orm. Níor dheineas ach mé féin a leathadh ar an dtalamh fé scáth na gcrann agus leogaint don tóir dul tharam. Ar ndóin, má bhí gadhar fiaidh ina dteanna bhíos réidh, ach nuair nár airíos amhastrach gadhair shíleas ná raibh aon bhaol orm. Níorbh fhada go bhfeaca corraí sa choill i bhfad uaim agus ansan tháinig an fiach níos giorra dhom. Cúigear nó seisear a bhí ag imeacht le cois a chéile agus gunnaí acu. Bhíos ag imeacht anso fiain as mo chroiceann le faitíos nuair a chonac na gunnaí, ach díreach nuair a shíleas go rabhas réidh anois nó riamh, d'airíos fothrom sa taobh ó dheas uaim agus dhírigh na farairí a n-aire ar an bhfuaim. Níorbh é an fothram a chuir íonadh ormsa, mar ní hannamh fothram á chlos i lár coille istoíche, ach nuair a d'fhéachas sa chúl ar na farairí chonac ná raibh puinn éadaí orthu. Bhí na balcaisí caite uathu is dócha agus iad ag dul sa leabaidh, agus níor chuimhníodar ar aon cheann díobh a chuir orthu arís nuair a chuadar sa tóir ar an ngadaí. B'iúd ansan anois iad, ar tóir an ghadaí chéanna, agus iad coslomnochta, ceannlomnochta, tóinlomnochta agus lánlomnochta.

Tar éis an tsaoil nach aoibhinn don té go bhfuil lúth na
ngéag aige — an rinceoir ar an stáitse, an peileadóir i
bpáirc na himeartha, fear an phínt i dtigh an tábhairne a
chaithfidh bheith ar a iongain má tá sé i leith na déanaí,
agus ina dhiaidh san ar fad an faraire ar tóir an bhliogaird.
D'fhéadfainn cur leis an liosta go dtí go mbeadh cúinne na
leacan lán agam, ach nuair a bhí an dream nocht fágtha im
dhiaidh agam agus mé lán-tsásta liom féin, cé bheadh os
mo chomhair amach ar an gconair ach an firín beag tanaí.

"An bhfuairis é?" ar seisean, ag iarraidh tásc mo
thurais orm.

"Ó, fuair, maith go leor," arsa mise, "*no sweat.*"

Ba bheag ná gur léim mo dhuine glan amach as a
chroiceann le háthas nuair a d'airigh sé an scéal san, agus
bhí sé ag pramsaigh timpeall na háite ar feadh cúpla
neomat ina dhiaidh san. Ba léir air go raibh sé ana-shásta
le cúrsaí.

"Caithfeam do shláinte a ól de bharr na hoibre seo
agatsa anocht, a Cheannaí, a chara," ar seisean, agus
gigileach go leor a bhí sé agus é á rá.

"Sea," arsa mise, "ós rud é go bhfuil dealramh na
Nollag ar an saol téanam ort agus ólfaimíd streanncán."

Ní rabhamair i bhfad ag siúl nuair a thánamair go dtí
an baile fearainn, agus bhí solas nó dhó fós ar lasadh ann.
Bhuaileamair isteach sa tigh tábhairne ba ghiorra dhúinn
sa tsráid agus chuireamair iarraidh ar phiúnta an duine
againn. Ach ní bhfuaireamair iad gan beagáinín
trioblóide.

"Piúnta agus leath-phiúnta," arsa mise le fear an
tábhairne.

"Fan," arsa an fear beag, go grod gairid. Dá bhfeicfeá
an fhéachaint a thug sé orm! "An diabhal ná raibh ort!" ar

79

seisean. "Tá piúnta maith le fáil anso, chomh maith agus atá sa tsráid, agus ní iarrfair aon mhéar leis. Ná deinse aon dá leath dhe."

"Dhá phiúnta," arsa mise ansan le fear an tábhairne.

Is minic na fáiltí geala romhamsa ansúd, ach an turas so, thar a dtáinig de laethantaibh riamh, do ráinig go raibh iarracht den doicheall sa chúrsa. Is measa bheith diúltach ná doicheallach, áfach, agus do líonadh amach an dá phiúnta pórtair as croílár an bharraile. Do phleanc fear an tábhairne an dá árthach anuas ar an mbord agus bhíos díreach chun iad a thógaint den chuntar nuair a bhuail sé lámh orthu.

"Trí phunt," ar seisean, "airgead síos."

"An mó atá uait?" arsa mise, agus ní go fonnmhar a dúrt é.

"Trí phunt, airgead síos," a dúirt sé arís.

D'fhéachas idir an dá shúil air. Thugas seacht is raol dó agus dúrt go bhfaghadh sé an raol eile nuair a bhí an dá phiúnta ólta againn. Thug sé dhom an dá phiúnta, agus cé nach le croí mór maith a deineadh é ba mhar a chéile domhsa é. Fuaireamair araon blas maith ar an dá phiúnta, agus níor bheag san.

Bhíomair ag caint ina dhiaidh san istigh i gcábús an tábhairne, agus ní miste a rá ná gurbh ait an cainteoir é an firín beag, nuair a bhí an braon anuas aige. Bhí a dhá shúil greamaithe san árthach ar feadh tamaill, agus é chomh socair le stail fálach. Tar éis aga maith aimsire d'iompaigh sé anonn ormsa agus dúirt de ghlór íseal garbh gur greannúr an saol é.

"Is greannúr an saol é," ar seisean. D'aontaíos leis. D'fhéach sé ar an bpiúnta arís agus d'fhéachamair araon air. Bhí mar a déarfá tuairim orlaigh de chúr liathbhuí ar

uachtar an dí. Chífeá cúr dá shórt ar uisce na habhann in
aon bhall go mbíonn sé ag cuilitheáil, ach ní chosnaíonn
san pioc. Níl aon ní fén spéir is saoire ná é, ach gur beag
an mhaith fairis sin é. Ní mar sin don chúr eile seo a
gheintear ar do phiúnta pórtair nuair a bhíonn sé ag
scarúint leis an mbarraile. Sin é an duine go bhfágtar slí
dhó i ngach áit! Ba dhóigh leat go raibh bóna ard buí ar
an bpiúnta, agus seile ag sileadh anuas uaidh ón bhfuairc,
fé mar a bheadh carabhat air.

Sara rabhas as mo mhachnamh do labhair an fear thall
arís.

"*Noxious weeds*," ar seisean. Bhí an cúr ag leá —
más leá is cóir a rá le rud mar é ná fuil ann ach ceofrán ó
bhun go barr. An scíobas pórtair a bhí fanta ina dhiaidh,
bhí sé chomh socair le lochán gé, i bhfoirm mar a bheadh
sé gan anam gan urlabhra. I lár na babhtála
chonaiceamair chughainn isteach sa tábhairne an
siollabadh buí dubh coirthe agus mothall gruaige air nár
bearradh le cuimhne na n-asal. Bhí sé ag cur báistí
amuigh sa tsráid fén am so, de réir dhealraimh, agus b'iúd
isteach mo dhuine agus é ina lipín báite, mar a tharracófá
as an loch é. Fliuchadh go croiceann é sara d'éirigh leis
an tábhairne a dhéanamh, ach ní raibh san ag déanamh
aon bhuartha dhó.

"*Beautiful rain*," a dúirt sé i dtaobh na ceatha úd a
fhliuch go sméar a chnámha é. "*The most beautiful rain
I've ever seen.*"

D'fhéachas ar an bhfear beag taobh liom, agus
d'fhéach seisean ormsa. Níor fhan focal in éinne againn.
Sa deireadh thiar thall ghlan sé a scornach agus labhair sé
go bog ciúin de thaobh a leacan.

"Bhuaidh an méid sin ar a bhfeacasa riamh," ar seisean.

Bhíos ag féachaint ar an ógánach agus cé gur mó rud greannúr atá feicithe agam ó fhásas do bhuaigh an fear san pic orthu go léir. Is áirithe gur chun suathantais a dhéanamh de féin a thaobhaigh sé an leogaint amach a bhí air, mar thug sé cúrsa an tábhairne isteach seacht n-uaire as a chéile agus a cheann san aer mar a bheadh gobadán gaoithe. Dá bhfeicfeá an brístín a bhí air ní fhéadfaí a dhéanamh amach conas a sháigh sé an dá chos síos ann. Bhí sé díreach mar a bheadh dhá stoca fada olna. Bhí casóg choirp air ansan. Dhéanfadh troigh eile faid cóta móir di, ach ina dhiaidh san ba thuigithe nach chuige sin a ceapadh í.

Nuair a d'fhéachas ansan ar an dá bhróg a bhí ag trácht an tailimh fé bhun an bhrístín sciotaithe do dhealraíos le bróga mná iad — leacain chaola agus iad ag teacht chun pointe i bhfoirm mar a bheadh líon saoir. Níorbh aon ní é sin, áfach, go dtí gur leogas súil ar an mothall gruaige.

"N'fheadar cad í an pháirt den domhan a bhí mar bhaile dúchais aigesean?" arsa mise, de chogar, leis an bhfear beag.

"Pé olc maith é," ar seisean, "tiocfaidh as."

Lena linn sin d'fhill mo dhuine fliuch báite thar n-ais ar an gcuntar, tar éis dó cuairt an tábhairne a chur de. Bhuail sé buille ar an gcuntar ag fógairt a bhainne bheirfe.

"Scaoil chugham an deoch!" ar seisean, go tollamanta. "Brostaigh ort!"

Bhí cipín solais ina láimh aige fén am so, agus é a d'iarraidh píopa tobac a dheargadh leis, ach pé rud a dhein sé thóg a chuid éadaigh tine agus leog sé béic as.

"Dá mbeifeása plástráltha amuigh is istigh," arsa fear an tábhairne, agus gloine uisce á chaitheamh aige ar an bfear eile chun é a mhúchadh, "ní bhéarfadh aon tine ort."

Chaith mo dhuine coróin gheal ar an gcuntar ansan, agus an fhaid a bhí fear an tábhairne á iniúchadh labhair sé arís.

"*Bwana*," ar seisean, ag fógairt an bhainne arís. Líonadh piúnta pórtair amach dó ar an gclár agus síneadh chuige é.

"Múch an bladar," arsa fear an tábhairne, go garbh, agus é ag cuardach sóinseála. Bhí sé ráite go tagarthach ag mo dhuine go raibh an domhan ardaithe nó go raibh an spéir uachtarach íslithe ó aréir.

"Cá bhfios duit?" arsa fear an tábhairne leis, féachaint an bhféadfadh sé amadán ceart a dhéanamh de.

"Tá an ghaoth aduaidh," arsa an fear báite mar fhreagra, "go fiúranta le haghaidh na hoíche gailbheánta, ceann scoilb ag scoith-reo le flich-reo na hoíche ag aith-reo."

De réir mar a bhí an scéal ag dul chun cinn — agus is chun cinn a chuaigh sé — bhí fear an tábhairne ag éirí imníoch i dtaobh na ngloiní a bhí ar an gcuntar aige, agus nuair a d'fhiafraigh an lipín báite dhe an raibh éinne eile sa tábhairne do dhírigh sé a aire ar an mbeirt againne sa chúinne.

CAIBIDEAL A DEICH

Is minic a bhíos láithreach ar dáil i gcúlseomra tí osta éigin, ach ní raibh aon ní feicithe agam go bhféadfaí é a chur i gcomórtas leis an mbabhta so. D'éirigh lem dhuine é féin a chaitheamh sa treo chughainn agus b'éigin dúinn cead a chinn a thabhairt dó, siúd a's ná raibh fhios cad é'n neomat a thitfeadh sé ina chnaipe ar an urlár. Socraíodh suíochán dó sa bhothán agus fé dheireadh sháigh sé é féin isteach i lár baill eadrainn. Bhí cuma amaideach ar a bhéal. Os ár gcionn in airde sa chábús bhí teilifís ar siúl agus chuir an fear báite ana-shuim sna cúrsaí a bhí á bplé inti.

"Radio Teilifís Éireann," ar seisean, agus é mar a bheadh sé ag cogaint phinginí ina bhéal. "Sea, is dóin," ar seisean arís, "cad tá chughainn anois?"

"— *Broadsheet* —" arsa an guth ón dteilifís.

"Barrlín leathan," arsa mo dhuine. "Comáin leat!"

Leis sin do sheas an fear gorm amach i lár an scáileáin agus labhair sé i mBéarla, á rá go ndéarfadh sé amhrán.

"A chomhachtaigh!" arsa mo dhuine thar n-ais. "Cá bhfuaireadar an fear gorm? Is fadó a bhíodh sé thiar againne Domhnach Cincíse, agus liathróid á caitheamh leis!

"*Two shots a penny — Five for tuppence!*"

"Féach, airiú —beirt eile acu! An triúr in éineacht!"

84

Ba bheag nár thit sé anuas ón stól le neart gáirí. Níorbh fhada ar an gcaoi sin é, áfach, mar do mhúch fear an tábhairne an teilifís.

"Áaaaaa —!" arsa an fear báite, agus é ag olagón. Ach ní fhéadfaí cosc a chur air.

"Féach an péarla so," ar seisean, ag díriú rud éigin a chuirfeadh méar i gcuimhne dhuit i dtreo na teilifíse, "a bronnadh orainn de thoradh an *atomic age*! Déantús atá lán chomh h-*atomic* leis an ré as ar fáisceadh é!"

Lean sé ar aghaidh ar an gcaoi sin ar feadh leathuaire an chloig ag fáil locht agus cáimis ar gach aon ní fén spéir, agus ar an spéir féin. Tharraing sé blúire pháipéir amach as a phóca ansan agus chroith san aer é os ár gcomhair amach.

"Tá foirm anso agam," ar seisean, "foirm oifigiúil a fuaireas ón gCigire Cánach oifigiúil, agus caithfead suí síos go hoifigiúil agus an fhoirm a líonadh go hoifigiúil — hic — agus í a chuir thar n-ais go hoifigiúil 'laistigh de sheacht lá ón dáta so'."

Dhún sé leathshúil air féin ar feadh neomait agus ansan dhírigh ar an bhfoirm a léamh dhúinn.

"'Sonraí íocaíochtaí le haghaidh árachais in aghaidh costais tinnis,'" is ea léigh sé amach ar dtúis. "Tá an dá aghaidh ar aghaidh a chéile — hic — chomh hoifigiúil agus chomh háiféiseach agus ba mhaith leat é."

Bhí suim ag fear a' tábhairne sa scéal. D'éist sé go haireach leis an bhfear eile agus ba dhóigh leat go ndeaghaidh sé i bhfeidhm go mór air.

"Conas adéarfása é?" ar seisean.

Níor dhein mo dhuine aon iarracht ar theacht ar réiteach na ceiste sin, ach pé útamáil a bhí aige a d'iarraidh teacht ar bhosca toitíní a bhí in íochtar a phóca aige, do theangmhaigh a uille leis an ngloine a bhí os mo chomhair amach ar an gclár, i gcás gur dóirteadh a raibh ann anuas ar mo shicéad. Pórtar cíordhubh ab ea an somlas san agus cé go ndeirtear go dtéann sé go maith don ghoile níorbh é buac an bhaill éadaigh cuimilt leis.

Dúirt mo dhuine báite go raibh an donas déanta aige agus ná ceadódh sé ar a raibh den tsaoil aige a leithéid a thitim amach amuigh ná i mbaile, ach dúrtsa leis a shuaimhneas a cheapadh. Ghlanamair rian an phórtair den bhall éadaigh agus ar an abhar nár mhó ná galánta a bhí sé sarar imigh aon ní air ní aithneofá pioc anois air.

Ní dúradh focal sa chábús ar feadh tamaill ina dhiaidh san, ach fé dheireadh tháinig mo dhuine chuige féin arís. D'fhéach sé ar an bpiúnta os a chomhair.

"Is iontach an gléas ceoil é," ar seisean. D'fhéach fear an chúinne ormsa, ach ní dúirt focal.

"Gléas ceoil?" arsa mise. "Airiú, cuir uait an ráiméis!"

"Ó!" ar seisean ar leanúint, "is minic a bhím á rá ná fuil aon teora leis an meidhréis a leanann an piúnta. Tá caint ann agus tá ceol ann."

Ba mhaith an chomhartha é féin ar an méad a bhí ráite aige, mar ní raibh aon teora lena chuid cainte, ach i dtaobh an cheoil ní raibh nóta ina cheann. *Negro Spirituals* agus *Rocky Mountain Lullabies* a bhí aige. Aistriúcháin ab ea an uile cheann riamh den díolaim amhrán aige.

Nuair a bhí an duanaireacht curtha dhe aige bhain sé cáipéis amach as a phóca agus bhuail anuas ar an mbord é. Dúirt mo dhuine ansan gurbh é a bhí ann ná a chuid "cuimhní cinn".

"Tá gá leis an litríocht," ar seisean. "Dhéanfadh an file rann duit an fhaid a bheifeá ag dúnadh do shúl, ach ní hamhlaidh atá an scéal leis an scríbhneoir próis."

"N'fheadar," arsa mise, ar mhaithe leis an gcómhrá. "Tá an file ina fhile — nó ba cheart go mbeadh. Tá sé bun os cionn leis an gcuid eile den phobal ina mheon. Is as an ndiamhaireacht a fáisceadh é agus caithfidh sé gabháil dá réir."

"Tá fear sa chomharsanacht againne," a dúirt an firín beag, agus b'ionadh liom focal a chlos ag teacht as, "a ghabhann — fóiriar! — chughainn anois is arís, feachaint conas tá ag éirí linn san obair, nó an mbeadh aon abhar léitheoireachta againn a mheilfeadh an aimsir dó."

Bhain sé amach as a bhéal an píopa a bhí aige ann. Chuimil sé beann a shicéid le cois an phíopa agus sháigh thar n-ais isteach ina bhéal é.

"Bhí sé chughainn ar a thorcaid," ar seisean ar leanúint, "an oíche fé dheireadh agus chuas féin ag cuardach, féachaint an bhfaghainn aon ní a bheadh oiriúnach dó. Sa taighde dhom thánas trasna ar leabhar breá glan agus d'fhéachas ar an dteideal: DIOSCÚRSA NA GAEILGE AGUS FEINIOMANÚLACHT : AN MHEISIASACHT MAR FHEINIMÉAN MHÍLEACH an teideal a bhí air (ní bhacaim leis an bhfotheideal).

"Féach," arsa mise, "seo leabhar a cuireadh chughainn anuiridh nó an bhliain roimis sin ón ndream sa tríú díochlaonadh. Scoláire éigin ollscoile a chuir le chéile dhóibh é agus cé nár léigheas féin pioc de, cá bhfios ná go mbainfeása taithneamh agus tairbhe as."

"Shíneas chuige an leabhar agus thug sé tamall á mhéarú. Tharraing sé chuige na spéaclaí ansan agus d'oscail amach an saothar meáchta, féachaint cad a bhí le rá ag an údar. Leis sin do theilg sé uaidh an leabhar trasna an bhúird a's do bhain de na spéaclaí.

"Ná fuil aon mhaith ann?" arsa mise leis.

"Níl aon mhaith ann domhsa, ach go háirithe," a dúirt sé — searbh go maith a bhí sé liom. "Ná feiceann tú gur filíocht atá ann?"

"Cad é an locht atá agat ar an bhfilíocht?" arsa mise. "Ar ndóin, ceird inti féin is ea an fhilíocht."

"Caitheamh aimsire is ea filíocht an lae inniu," ar seisean, "agus is gnáthach nach chun scéal a chuir i dtuiscint a bhíonn an file seo agat, ach chun é a chur ó thuiscint, agus im briathar féin is rófhuiriste dhó san!"

"Á, n'fheadar in aon chor," arsa mise, a d'iarraidh an gor a choimeád te. "Is deocair a mheas i gceart cad a bhaineann le filíocht. Tá diamhaireacht éigin — i gcead don gcuideachtain — á leanúint nach féidir a thuiscint. Is í an mhéar bhán a gheineann an draíocht, is é sin an *touch*."

"*Touched is right!*" ar seisean, agus bhain sé mant as cois an phíopa le neart feirge. Thiospáin sé an leabhar san dom agus d'fhéachas air. Dúirt sé ansan ná tabharfadh sé brobh luachra air. Ní raibh aon tabhairt suas ar an té a cheap é.

"Ní fiú trumpa gan teanga é," ar seisean.

"Agus cá bhfuil an litríocht le fáil, mas ea?" arsa mise.

"An té ná scríobhfadh a chuimhní cinn," ar seisean, "ní móide go bhfuil aon ní i ndán dó ach uaigh chaol chrua agus scéal thairis."

"Tá ana-mheas agamsa ar an ngearrscéal," arsa mise ag an bpointe sin, a d'iarraidh spéic a chuir isteach san argóint.

"Cad 'na thaobh san?" arsa an fear beag liomsa.

"Toisc ná bíonn aon tosach ná deireadh leis," arsa

mise. "Ní féidir a dheireadh a fháil, tá a fhios agat. Tá sé i bhfoirm mar a bheadh fáinne."

"Éinne gur mian leis a ainm a chuir in airde le litríocht," arsan fear báite, mar fhreagra ar an bhfear beag, "níorbh fholáir dó bheith ina bhall de chumann nó d'eagraíocht nó de ghluaiseacht nó de chiorcal."

"Ní mór dúinn coimisiún a sholáthar chun na litríochta," a dúirt an firín beag thar n-ais.

"Tá sé tabhartha síos," arsa mise, "go mbíonn dhá thaobh ar gach scéal, agus tá an dealramh san ar an scéal go mbíonn dhá insint ar gach taobh díobh san."

"Tá sé ráite gur i ganfhios don tsaoil ab fhearr bheith ann," arsa an fear beag go tagarthach.

"Mar le bheith ann i ganfhios don tsaoil atá á chaitheamh anois," a dúirt an fear báite amach os ard, "ní hé a iarrtar, ach bheith i mbéal an phobail.

"Más maith leat bheith buan," a déarfadh m'athair i gcónaí riamh, "sáigh romhat agus cuir tú féin in úil go prinsibeálta. Leog ort gur leat a bhí an saol agus a bhean mhór ag feitheamh."

In aon bhall go bhfeicfeadh sé féin stáitse nua adhmaid bhíodh sé in airde air cúig neomataí sara bhfágfadh an siúinéir é. D'fhéadfadh sé bheith ag socrú ansan i gcomhair pé saghas tabhairt amach a bhí beartaithe aige."

"Hea!" arsa an fear beag. "An chéad rud ná a chéile airgead a sholáthair — *No mun no fun*, mar a dúirt an Béarlóir. Sin é an fáth gur thit cúrsaí i gclab a chéile ag an ndream eile — ní raibh aon airgead acu."

"Cad é an dream é seo á lua agat?" arsa mise.

Mhínigh sé dhom ansan gurbh amhlaidh a thit an dream a bhí i mbun athbheochana amach lena chéile agus gur tharla scoilt eatarthu. D'imigh scata amháin díobh leo féin ina dhiaidh san, ach ba léir ón dtuairisc a thug mo dhuine ar chúrsaí ná raibh aon ardmheas ag an gcéad dream ar an ndream eile.

"Deartháir an Fhir Mhóir fé ndeár é," arsa an fear beag arís — "nó sin é a dúradh. Níor mhaith liom aon ní a rá i gcoinnibh na mná atá aige, ach mara bhfuil mearbhall mór ormsa 'sí atá ar an dtaobh thiar den obair ar fad. Aos an luthartaí lathartaí ab ea é againn sara dtáinig an scoilt, ach ó shin i leith is ag dul i ndiaidh ár gcúil atáimíd."

Lena linn sin bhuail isteach sa tábhairne, lasmuigh den chuntar agus den chuideachtain, stracaire d'fhear caol ard agus ba dhóigh le duine nárbh fhiú raol a raibh de sheana-bhalcaisí air, bhíodar chomh caite stracaithe. Bhí seana-chlóca ar a cheann agus anuas ar a shlinneánaí agus bhí stracadh ann ar dhá thaobh dá cheann i dtreo go raibh barraí a dhá chluas ag gabháil amach tríd. Bhí an chuid eile dá bhalcaisí i dtreo gur dhóigh le duine go raibh seacht nó hocht de shaghasanna éadaigh ionta.

Ní raibh iontu ar fad ach paistí agus preabáin, agus mianach fé leith i ngach paiste agus i ngach preabán acu. Bhí peidhre seana-bhróg air agus sál leis siar tríd bhróg acu agus ordóg na coise amach tríothu. Tháinig sé sa treo chughainn agus ba léir air agus uaidh go raibh sé tar éis tobar dí a chuir síos ann féin.

"Cad é an gnó atá agaibhse anso?" arsa an breallán baoth.

"Ní hea, a chladhaire," arsa an fear báite, "ach cad é an gnó atá agatsa anso?"

Níor thug mo dhuine aon aird ar an dtarcaisne, ná níor dhein aon ní dhe, ach d'fhéach ar gach éinne sa timpeall.

Fé dheireadh, tháinig sé chughamsa.

"Ceannaí!" ar seisean in ard a ghutha. "Ceannaí! Nách tú an gleacaí sleamhain! Dheinis an dubh orthu go léir!"

Shuigh sé síos de phlíp ansan agus d'ísligh a ghuth.

"An bhfuil fhios agat, a Cheannaí," ar seisean liomsa, ". . . an bhfuil fhios agat go bhfuil . . . go bhfuil an Gáirleach á chur amáireach?"

Ba bheag nár thiteas glan ar an urlár. An Gáirleach — agus é á chur! Chuireas sraith ceisteanna ar mo dhuine, féachaint cérbh é féin, nó cárbh fhios dó go raibh an Gáirleach á chur an lárnamháireach?

"Á!" ar seisean go tagarthach agus go truaimhéileach, "fuair sé buille den mhaide a dhein crústa dhe. Bhí a phlaosc ina bhloghtracha," agus do phleanc sé an bord. "An cuimhin leat an oíche úd na foghla sa Tigh Mór?" ar seisean, agus chuir méar ar a bhéal, fé mar a bheadh imní air i dtaobh na gcomharsan sa tábhairne. "Bhuel," ar seisean arís, "d'imigh lá agus d'imigh oíche agus nuair ná raibh aon chúngracht á dhéanamh ar an Niallach ná ar an nGáirleach ná ar Phinns — Á! Pinns bocht! Ní bhfuaireamair puinn eile tuairisce air i ndiaidh na foghla, ná ní fheacathas ó shin é — nuair ná raibh aon chúngracht á dhéanamh orthu ná ortsa, a Cheannaí, bhíodar á cheapadh go raibh an scéal ag dul i bhfuaire. Mar sin féin d'aistríodar cúpla uair nó trí agus i ndeireadh bárra chuadar chun tailimh i dTuatha Luachmhara. Is dócha gur éirigh eatarthu ansan, áfach, mar fuair an Gáirleach buille mhaide ar an gceann a scar leis an saol so é."

Chuir mo dhuine méar in airde ansan chun a leacain ar an neomat san agus ghlan deor a bhí ag sileadh anuas uirthi.

"Bhí eagla i gcónaí an an nGáirleach," ar seisean ar leanúint, "go dtitfeadh an fear eile sa mhullach air, cé nár leig sé air é."

"Bhuail sé an bata anuas ar Cheannaí," a dúirt sé liom uair, "agus measann sé an cleas céanna a chur ag obair ormsa, ach ní ghlacfadsa leis mar aon dóichín!"

"Ach dhein an Niallach an dubh air, a Cheannaí, de réir dhealraimh. Tháinig sé aniar aduaidh air, agus nuair a thánathas ar chorp an Gháirligh fé dheireadh bhí an fear bocht ag tabhairt an fhéir ar feadh míosa agus an ghaoth Mhárta ag port-fheadaíl mórthimpeall air."

Stad sé den chaint ansan agus d'fhéachamair go léir ar an bpiúnta a bhí os a chomhair ag gach éinne againn. B'ait an scéal é ag mo dhuine agus ba ghreannúr. Ní raibh aon chuimhne agam ar a leath desna himeachtaí a bhí luaite aige, ná ar na cúrsaí a bhí titithe amach ó aimsir úd na foghla. Ach ní raibh deireadh fós lena scéal.

"Ní raibh an Niallach ná an Gáirleach leath chomh cliste agus a bhí ár nduine anso againn," a dúirt sé arís, tar éis scaithimhín, agus é ag díriú méar ormsa, faid a bhí sé ag caint leis an mbeirt eile sa chábús liom.

"Tháinig na gardaí ar an dtighín beag ar cúl tí an Niallaigh fé dheireadh,"ar seisean ar leanúint, "ach má tháinig ba mhaith an mhaise ag Ceannaí é. Bhí seift ceapaithe cheana féin a chuir bun os cionn ar fad iad, mar nuair a thánadar ag triall ar an mbothán chun breith ar an gceathrar istigh bhí an triúr eile imithe ach bhí Ceannaí glic sínte thuas ar leic na tine agus é marbh, dar leo. Bhuaileadar é agus phriocadar é agus chrothadar é — ní raibh meám ann.

"Sea, fágaigí ansan é," a dúirt duine desna gardaí, "agus béarfaidh muid linn go dtí'n bheairic é nuair a bheas muid ag filleadh thar n-ais."

"Tá Ceannaí os ár gcomhair," ar seisean arís, "agus pé eile duine a cuireadh san uaigh thíos i reilig Chille Muire is áirithe nárbh é Ceannaí glic é!"

Leog sé sceartadh gáire as ansan. Bhíos féin ag machnamh an t-am ar fad ar a raibh ráite ag mo dhuine, ach ní raibh aon toradh ar an machnamh agam. Níor thuigeas a leath dhe.

"Is dócha nách raibh gach éinne desna gardaí lán-tsásta leis an scéal, áfach," arsa an fear eile thar n-ais, "mar bhí duine acu fós ag cíoradh an scéil mí nó dhó i ndiaidh na foghla, agus mí eile i ndiaidh na sochraide, a d'iarraidh teacht ar thuilleadh eolais i dtaobh imeachtaí na hoíche úd sa Tigh Mór.

"Cad é an saghas fomaire é siúd a bhí ar fuaid an tailimh agat inné, a Cheannaí?" ar seisean liomsa ansan. Chrothas mo cheann ó thaobh go taobh, á chur in úil ná raibh fhios agam cad a bhí i gceist aige.

"Chonac uaim anonn é," ar seisean ar leanúint, "nuair a bhíos ag teacht chun mo dhinnéir, agus bhíos á insint dosna buachaillí — go bhfeaca an stróinséar dea-éadaigh thuaidh agus é ag tógaint chomharthaí éigin. Cad a bhí á thabhairt ann, nó an ar mhaithe lena shláinte a bhí sé? Dúirt Seáinín gur oifigeach talmhaíochta gurbh ea é, ach ní fheadar."

"Ní fheadarsa cad a thabharfá air," arsa mise, á leogaint orm gur thuigeas go maith anois cad a bhí i gceist aige, "ach geallaimse dhuit ná raibh aon fháilte agam roimis nuair a chonac ag tónacaíl agus ag foighléardaíocht timpeall é."

I ndáiríribh, áfach, bhíos ana-bhuartha i dtaobh an scéil seo aige, mar cé gur ghlacas mar fhírinne lena raibh ráite aige, ní raibh aon aithne agam air, ná ar an nduine seo na talmhaíochta, agus ní lú ná san an t-amhras a bhí orm i dtaobh na foghla agus an t-eolas a bhí ag mo dhuine ina taobh.

"Bhuel, bhuel, bhuel!" arsa an fear beag. "Mhuise, cé chreidfeadh an scéal san anois? Féadaim a rá nár airíos aon ní mar é riamh im shaol. Chífeá rud greannúr, nó d'aireofá scéal greannúr, ach tá an chraobh aige seo uathu go léir."

Amach timpeall uair an mheán oíche cé sháfadh a cheann an doras isteach ach 'colúnaí' páipéir nuachta ón aird thoir. Bhuail an fear breá chughainn isteach agus rud éigin a chuirfeadh gadhar i gcuimhne dhuit lena chois.

"Amach leis an ngadhar san! Amach! Amach! Amach!" a dúirt fear an tábhairne, agus sara raibh d'uain ag an gcolúnaí corraí a chur as bhí an gadhar bocht caite amach an doras ag fear an tábhairne.

"Á, cia do mharódh mo mhadra?" arsa an colúnaí, ag olagón, agus rith sé amach an doras arís chun dul i gcabhair ar an ngadhar. Ní raibh sé fada amuigh, áfach, mar bhí sé isteach arís chughainn sara raibh doras an tábhairne socair síos. Bheannaigh sé isteach gan scáth gan eagla agus d'fhiafraigh go mustarach cá raibh Ceannaí. Dhírigh an fear báite an ghloine a bhí ina láimh im threo-sa.

"Sin é ansan agat é," ar seisean.

"Tá sé ráite go bhfuil tú marbh, a mhic ó," arsa an colúnaí liom, agus ba dhóigh leat air gur inné díreach a tógadh amach as an gcliamhán é. Níor thugas aon fhreagra air, ach leogas gaoth bhog amach as mo thóin.

"An bhfuil sé chun aon ní a rá?" arsa an colúnaí leis an bhfear beag.

"Tá sé á chur in úil duit ná fuil an bás aige ach go háirithe," arsa an fear beag leis, tur go maith, agus dhruid sé siar beagáinín uaim istigh sa chábús.

"Ar mhaith leat aon ní a rá i dtaobh an triúir eile a bhí in éineacht leat, a mhic ó," arsa an colúnaí arís.

"Do thréig an neart iad," arsa an fear beag, "agus nuair a thréigeann an neart an duine tá sé chomh maith aige síneadh siar agus bás d'fháil."

"Ceocu agaibh atá fé scrúdú anso," arsa an colúnaí go feirgeach — "tusa nó eisean?"

D'fhéachas ar an bpeidhre nua bróg a bhí á chaitheamh ag an gcolúnaí, gur chuma nó scátháin iad le snas. B'ait an déantús a bhí ar ionachruth m'aghaidh agus é ag teacht aníos ó scáthán na mbróg. Shíleas go raibh athrú éigin tagaithe ar mo ghnúis.

"Am' thaobhsa dhe," arsa an colúnaí arís, "níl uaim ach an fhírinne a chraobhscaoileadh de réir mar a cuireadh ina luí orm í."

Bhíos ag cuimhneamh ar an gcolúnaí os mo chomhair, agus ar a chomrádaithe, á rá liom féin gur beag má fhéadfaí dul in aon bhall i ganfhios dóibh. Níl éinne a ghabhadh soir nó siar an bóthar ná go leanadh súile an cholúnaí é. Sa chás ina bhfuilimíd fé láthair ní díon dúinn fiú na cladhthacha ná na tulcháin. Uime sin, pé olc maith linn é tá sé air againn ár bpailís shamhraidh a sheachaint go dtí pé tráth go mbeidh an saol dulta chun suaimhnis arís — agus is baolach gur fada anonn é.

"Níor mhaith liomsa bheith i mbróga an té a mhairbh piaire an Tí Mhóir," arsa an colúnaí ansan.

"Ní mise a dhein é, pé scéal é," arsa mise.

"Is róbheag ná go ndéarfair gur mise a dhein é!" arsa an colúnaí.

"Ní raibh agá athair agus agá mháthair ach an t-aon leanbh amháin," arsa an fear beag, ag bagairt a chinn i dtreo an cholúnaí, "agus sin é an leanbh."

Chuir gach éinne againn sa chábús gáire asainn ar gclos an méid sin.

"Is beag an rud a bhaineann gáire asaibh," arsa an colúnaí go laisceanta.

"Dúirt duine éigin liom," arsa an fear báite, chun a chuid a rá, "go bhfuil an gáire fé amhras na laethanta so — ná fuil mar theannta léi ach cúlchaint nó ráiméis nó draostacht.

"*I'm a man of few words myself,*" a dúirt fear an Bhéarla," arsa mise, "*and Ráiméis is one of them*"

"Dúras cheana nár mhaith liom bheith i mbróga an té a mhairbh piaire an Tí Mhóir," arsa an colúnaí arís, "mar ní fheadair sé cad é an neomat a leagfaí lámh air agus a chomáinfí in airde sa spéir é agus gan chóir iompair aige ach córda na croiche."

"B'fhearrda an ithir an sos a fuair sí," arsa mise.

"Bailigh leat anois," arsa an fear báite leis an gcolúnaí, agus ciúin go leor a bhí sé, "agus bí buíoch i dtaobh gur leogas t'anam leat."

Níor chuaigh an colúnaí níos sia leis an scéal. Bhailigh leis, ach ní mó ná buíoch a bhí sé, ná beannachtach. Shleamhnaigh sé amach as an gcábús agus d'imigh an doras amach.

Ach má bhí sé imithe níor fhéadas gan chuimhneamh ar a raibh ráite aige. Dá mhéad callaireacht a bhíonn ag an duine bíonn creathán i gcónaí ann roimis an bás. Ár ndóin, ní rabhas daortha chun báis, ná curtha ar mo thriail fiú, ach d'fhéadfaí an pointe a chárdáil go ham luí an domhain agus gan sinn a bheith a dhath níos críonna nuair a bheadh an focal deireanach ráite.

"Airiú, mo léir," arsa an fear báite, "is mó slí chun gadhar a mharú seochas é a thachtadh le him."

D'airíos cnaipe sa scornach orm nuair a chuala an focal 'tachtadh' á rá aige.

"Is róchuma liomsa cad í an tslí mharfa is fearr chun gadhar a mhúchadh," arsa mise, "ach na cúrsaí seo atá os mo chionn a chuir díom — an gad is giorra don scornaigh a ghearradh!"

"Ó, ní fheadar in aon chor," arsa an fear báite. "Bhí aithne agamsa ar fhear agus fuair sé an chroch ag an deireadh, ach bhí oiread san *sway* aige go raibh sé amuigh air i ndeireadh bárra gurbh é a chuid adhmaid féin a díoladh chun a chrochta!"

Ar rá na bhfocal san dó do bhailíos suas mo hata a's mo chóta, chuireas an cnósach focal fé m'ascaill, agus chuireas doras an tábhairne amach díom gan a thuilleadh moille. Thuigeas ar an gcaint a bhí ag an bhfear siúil agus ag an gcolúnaí go raibh trap chun marfa ages na gardaí romham agus nár dhóichí áit a bhfaghainn mé féin sar i bhfad ná in airde ar an gcroch. Chaithfinn mo líon a leathadh arís agus é leathadh go fairsing. Ach b'é dála an ghiorré agam é — an ghiorré tacair — ag gabháil timpeall agus timpeall agus gan aon ní ag teacht chugham de thoradh reatha ach an tuirse. Shíleas roimis sin gur beag ná gur i ganfhios don tsaoil seo a bhíos ann, ach níorbh ea.

CAIBIDEAL A hAONDÉAG

Ní thaithneann reiligí liom. Ní maith liom an timpeallacht ná níl aon ardmheas agam ar na daoine a bhíonn mar chomhluadar iontu. Ainniseoirí bochta is ea an chuid is mó díobh, daoine ná fuil dóthain cleachtadh acu ar an saol chun go bhféadfaidís iad féin a choimeád ina mbeathaidh. Ar ndóin, is fíor go bhfuil scata mór díobh ann, agus daoine dem mhuintirse ina measc. Níl aon ainmhí ar an dtalamh ná go mbíonn a shamhail fén dtalamh, leis — an capall, an bhó, an t-asal, an mhuc, agus ina dhiaidh san go léir an duine féin. Cé go mb'fhéidir ná fuil an capall le moladh anois feasta ach díreach chun fiaigh nó chun ráis (nó, b'fhéidir, chun bagúin) ní fhágann san ná fuil an cine daonna fé chomaoine aige as ucht a shaothair nuair a bhí sé ar an saol, mar ní hamháin gur sheas sé an fód ach d'iompaigh sé ina theannta san é!

Níl aon ní is fearr a 'riúnaíonn an duine ar an saol so ná an bás. Sa tseana-shaol úd sara dtáinig an Díle, áfach, thar an domhan, mhairfeadh na daoine faid gach nfhaid. Ach dealraíonn an scéal go mbíodh daoine sa tslí ar a chéile agus, uime sin, go gcaithfeadh an chuid ba shine acu fágaint. Ar an abhar chéanna do chuirtí na daoine sin ina mbeathaidh sa tseana-shaol aoibhinn úd — d'fhonn bheith scartha leo, tá's agat. Bhí an saol san ann, nuair ná raibh aon trácht ar dhúnmharú ná ar ghinmhilleadh ná ar

98

aon ní mar iad, agus gan amhras is deocair é a thuiscint anois.

Is deocair a mheas cad iad na creideamhaí a bhíodh ag imeacht an uair sin, mar is mór idir inné agus inniu. Tuiscint agus míthuiscint a bhíodh ag imeacht an uair sin, ach tuiscint agus míthuiscint ní thuigid a chéile. Bhíodh seandaoine á gcur ina mbeathaidh agus gan de chúis leis an gcrích ach gan iad a bheith oiriúnach ar aon phost gnótha a dhéanamh, dar lena muintir. Bhí scéal ar dhuine sa dúthaigh timpeall ormsa fadó agus fuair an duine seo bás. Bhíothas á thórramh ar feadh trí lá agus trí oíche, agus nuair a bhí na himeachtaí ar siúl ar an dtríú oíche cad a tharla, an dóigh leat, ach gur éirigh mo dhuine aníos ón gcónra a bhí in airde ar bhord na cistine, agus labhair sé leis an gcomhluadar.

"Níor leogadh isteach mé," ar seisean go tur truamhéileach. Nuair a bhí an scanradh curtha dhíobh ag muintir an tí dhein duine acu iarracht ar a mhuinín a chnósach agus nuair a thug sé freagra ar an ráiteas ag mo dhuine sa chónra is a d'iarraidh beag a dhéanamh de a bhí sé.

"Mhuise, tá breith ar an scéal fós, a Sheáin!" ar seisean, a d'iarraidh an fear marbh a chiúiniú. "Tiocfair ar do chuid féin," ar seisean arís — "Tá grod fós."

"Conas a thiocfainn ar mo chuid féin," arsa an fear marbh, "agus an diabhal bus ar stailc?" agus bhuail sé buille doirne ar an gcónra a bhí fé. "Táim sa suíochán so le trí lá," ar seisean thar n-ais, "agus níor chorraigh an bus ó shuíos isteach ann."

"Tá an scéal san socair," arsa an fear eile leis.

"Níl aon ní socair ach an fomarach bus!" arsa an fear marbh go tur laisceanta, agus dhún sé clúdach an chónra anuas air féin arís. Níor chualathas focal eile uaidh.

Ansúd i reilig Chille Muire dhom maidean lárnamháirigh, agus an Gáirleach á chur san uaigh, níor fhéadas gan chuimhneamh ar an scéal san agus ar m'athair bocht a's ar na focail úd aige ag tagairt don bhás (nuair a d'airigh sé cnáimhseálaí éigin ag cásamh na seanaoise):

"Níl éinne críonna," ar seisean. "Is amhlaidh atá daoine níos óige ná a chéile."

Bhíos im sheasamh sa reilig agus mo chúl le falla na teorann nuair a chas lucht iompartha an chónra isteach tríd an ngeata, a bhí pas fada uaim ar an dtaobh eile den reilig. Ceathrar a bhí á iompar agus ba bheag eile duine a bhí i dteannta leo san obair. Nuair a chonac an cónra ar dtúis, ar an dtaobh amuigh d'fhalla na reilige, níor fhéadas gan chuimhneamh ar lucht na sochraide a bhí feicithe agam cúpla lá roimis sin i lár na coille dorcha. Ní raibh le feiscint den dream so ar dtúis ach na cosa a bhí fúthu, agus bhíos lán-ullamh iad d'fheiscint agus a gceann féna n-ascaill acu, dála an dreama eile. Ach ní hamhlaidh a bhí an scéal in aon chor an turas so. Dáréag fear a bhí ag gabháil le cois a chéile taobh thiar den gcónra agus níor chuireadar sos suas go dtí gur shroiseadar an áit go raibh an cónra le cur fén gcré.

Bhí an chré dhubh tógtha amach as an uaigh roimis sin, ar ndóin, agus í caite ar thaobh na huaighe, sa chaoi gur dhóigh le duine a bheadh i bhfad ón uaigh go raibh a dhá oiread taistil le déanamh ag an gcorp ná mar a bhí. Níor cuireadh mórán ama amú ar lic na huaighe. Níor deineadh ach paidir nó dhó a rá os cionn an chónra agus ansan leogadh síos fén dtalamh é. Bhíos féin im sheasamh ag béal na huaighe, ar thaobh amháin di, nuair a bhí formhór na ndaoine imithe amach as an reilig, agus bhí beirt eile anaithnid dom ar an dtaobh eile dhi. Níor tháinig focal as ceachtar acu ar feadh i bhfad. Is dócha gur ag paidreoireacht a bhíodar ar son an fhir bhoicht san uaigh. Fé dheireadh, áfach, thóg duine acu a cheann agus d'fhéach sé anonn ormsa.

"An t-ól, tá's agat," ar seisean de chogar.

"Níorbh é an t-ól a mhairbh é," arsa an fear eile taobh leis, "ach ná fuair sé a dhóthain de."

Ní dúradh a thuilleadh ina dhiaidh san i dtaobh bás an fhir mhairbh, ach d'fhágamair go léir an reilig, an bheirt eile ar dtúis agus ansan mise i m'aonar. Bhíos ag machnamh ar chúrsaí an lae agus mé ag gabháil an geata amach nuair a léim stracaire d'fhear rua chugham amach as na crainn agus gunna ina láimh aige.

"Sín chugham a bhfuil ansan agat," ar seisean, agus dhírigh baraille an ghunna orm. Do shín. An cnósach focal a bhí uaidh, shíleas. Ní foláir nó gur duine de mhuintir na hathbheochana a bhí ann, dúrt liom féin, agus é láncheapaithe ar deireadh a chuir liom nuair a bhí a gcuid oibre déanta agam dóibh.

"An tú Ceannaí Laoghaire *alias* Leopold Ó Laoghaire?" ar seisean liom ansan.

"Is mé," arsa mise.

"Caithfir teacht liomsa, más ea," ar seisean, "go dtí stáisiún na ngardaí, mar a gcuirfear id leith gur dhúnmharaigh tú duine sa dúthaigh seo ar an deichiú lá fichead de mhí na Feabhra so. Ní miste dhom a rá leat, i bhfoirm foláirimh, go mbainfear úsáid as aon ní a bheas le rá agat as so amach mar fhianaise sa triail atá romhat."

Níor fhéadas focal a rá. Tháinig lagachar orm nuair a

d'airíos na focail sin uaidh. Tháinig crith cos is lámh orm agus ba bheag nár thiteas im phleist síos ar an dtalamh. Dheineas dianmhachnamh, a' d'iarraidh ciall éigin a bhaint as a raibh ráite ag mo dhuine. Cérbh é an duine seo go raibh a bhás leagaithe orm? Cár dheineas an gníomh? Ach ní rabhas ábalta aon ní a dhéanamh dá chuid cainte. Sara raibh aon uain agam ceist a chur ar an ngarda bhí slabhra agus glas curtha ar mo láimh aige agus rug sé leis mé amach as an reilig.

Ní dúirt sé focal liom an fhaid a bhíomair ar an mbóthar agus níor stop sé go dtí go rabhamair ag stáisiún na ngardaí. Nuair a chuamair isteach ann bhí garda eile istigh ar an dtaobh thiar de chuntar ard adhmaid agus nuair a chonnaic sé mo dhuine ag teacht agus mise ar a chúl, léim sé anuas ón gcathaoir a bhí fé agus dhein comhartha urraime dhó. Ní dúirt an garda aon fhocal liomsa, ach bhain peann póca amach agus shínigh leabhar a bhí ar oscailt ar an gcuntar os a chomhair. Ansan rug sé leis mé isteach go dtí an carcar. Cuireadh isteach sa charcar mé agus d'imigh an garda leis, gan a thuilleadh a rá.

Fágadh ansan mé i m'aonar agus mé ag cuimhneamh ar an saol mór agus a bhean, agus a raibh déanta acu orm. D'fhéachas amach tríd fhuinneog an charcair a bhí buailte amach as an bhfalla tuairim is sé slat ón urlár. Dath liath a bhí ar an spéir agus bhí scamaill ag bailiú go tiubh.

"Tá an Fear Mór amuigh," arsa mise liom féin.

Ní rabhas rófhada sa charcar nuair a tháinig an garda eile chugham. Bhí pláta ina láimh aige aus ceairt lín-éadaigh caite air, agus shín isteach fén ndoras chugham é. Phiocas suas an pláta ón dtalamh agus bhaineas an ceairt éadaigh de. Bhí dinnéar breá te ar an bpláta agus píosa cáise taobh leis, ach ní raibh aon chóir agam chun é a ghearradh; ní raibh scian, forc ná spúnóg leis. Bhí an garda fós ina sheasamh ag an doras ag súilfhéachaint isteach orm tríd poll an dorais. Leog sé gáire beag as ansan agus d'imigh leis.

Tháinig an garda céanna thar n-ais chugham i gcionn uair an chloig nó mar sin agus d'fhéach isteach arís tríd an bpoll orm.

"Cad 'na thaobh ar dheinis é?" ar seisean.

"Cad 'na thaobh ar dheineas ceocu rud?" arsa mise.

"*Crafty divil,*" ar seisean thar n-ais, "féasóg *and all.* Ach bhí an *Super* maith do dhóthain!"

Ní dúirt sé a thuilleadh, ach casadh ar a chúl agus bailiú leis. D'fhág sé ag cuimhneamh mé, áfach, ar a raibh ráite aige. Thuigeas go mb'fhéidir go mbeadh meigeall bheag féasóige orm nuair ná raibh sé d'uain agam an rásúr a thógaint chun m'aghaidh. Ach ba dhóigh leat ar mo dhuine gur rud mídhleathach ann féin ab ea an fhéasóg. Bheartaíos ansan go mbearrfainn mé féin chomh luath agus a b'fhéidir liom é, ar eagla go dtógfaí orm é nuair a bhíothas am' thriail. Nuair a d'fhill an garda arís orm d'iarras scáthán uaidh chun go bhféadfainn mé féin a bhearradh.

"Ó, níl aon scáthán sa dúthaigh seo," ar seisean, agus d'imigh sé le pláta an dinnéir. D'fhág san ag machnamh mé ar chás an scátháin agus ar an dtriail a bhí romham, agus thuigeas ná beadh mórán seans agam mé féin a chuir sa cheart ar na breithiúin dá mbeadh cuma bhacaigh orm. B'iúd mé ag cuardach rud éigin a dhéanfadh gnó an scátháin dom ionnas go bhféadfainn radharc a fháil orm féin. In éagmais an scátháin, áfach, ní raibh aon ní a dhéanfadh an gnó. Bhíos ag cásamh an oilc nuair ná raibh snas ar mo bhróga a fhéadfainn é ghlanadh chun an ghnótha, ach ní raibh aon leigheas air. Chuimhníos ansan ar an mbuicéad uisce a bhí i gcúinne an tseomra agus ghlanas uachtar an uisce chun scáthán a dhéanamh de. D'fhéachas isteach ann, ach má fhéachas chonac go raibh athrú éigin tagaithe ar mo ghnúis ionnas ná raibh puinn difríochta anois idir é agus gnúiseanna na bhfear eile sa Chúigiú Díochlaonadh. Ba mhar a chéile ar gach aon chuma sinn.

Nuair a tháinig an mhaidean tháinig i dteannta léi an garda a chuir i mbraighdeanas ar dtúis mé agus dúirt sé liom go rabhthas chun mé a thriail an lá san. Fágadh arís mé im chaonaí aonair gan aon eolas agam ar na cúrsaí a bhí beartaithe ag lucht mo thrialach im chomhair. Sa chíuineacht timpeall orm i gcarcar an phríosúin bhíos ábalta buillí mo chuisle a chlos, agus ba dhian gach buille dhíobh orm. Amach i dtreo uair an mheán-lae, áfach — nó mar a mheasas an meán-lae a bheith — shíleas gur airíos guth éigin i bhfad uaim agus é ag éirí a's ag titim fé mar a bheadh óráid á tabhairt ag duine éigin ar stáitse. Dáilchomhairle a bhí ar siúl in áit éigin i ngiorracht dom, shíleas — tionól sa tigh taobh liom, b'fhéidir. Nuair a chuireas mo chluais chun an falla bhíos ábalta an guth a chlos níos cruinne ná mar a bhí roimis sin, agus tar éis tamaill dom ag éisteacht shíleas gur aithníos an guth. Dob é guth an Gháirligh é! Ba ghreannúr an áit gur thug a chosa é, mar bhí sé ag tabhairt an fhéir le dhá mhí anois ar a luighead! Guth an Gháirligh a bhí ann, mar sin féin, ní raibh aon amhras orm ina thaobh san. D'airíos an guth chugham arís:

"Gabhaim buíochas ó chroí libh, a chairde, as ucht úr maitheasa," ar seisean, "agus mé a cheapadh mar

Uachtarán arís i gcómhair na hathbhliana — gradam ná fuil tuillthe agam in aon chor, dem dhóigh."

Bhí sé ag cur síos ar chúrsaí Gaeilge, de réir dhealraimh, agus ar an athbheochaint a bhí i ndán don teanga. Bhí sé a d'iarraidh a chur in úil do bhiorabach éigin sa tionól go raibh níos mó ná an Ghaeilge ag coinneáilt na spéire agus an tailimh óna chéile, agus go raibh éacht oibre déanta aige féin ar son na cúise.

"Táimíd gníomhach ar chuma ar bith," ar seisean, "agus sin rud nách féidir a rá le daoine eile! Ní féidir an Ghaeilge d'athbheochaint ach amháin le bolscaireacht. Bhíos thiar i dTuatha Luachmhara inné agus labhras ag cruinniú mór ann. Labhras ag cruinniú de mhuintir Chútapúca cúpla seachtain ó shin. Thugas comhairle dhóibh . . ."

Lean sé air ar an gcaoi sin, ag tabhairt tuairisce ar na gnóthaí a bhí ar siúl aige agus ar an ndul chun cinn a bhí déanta i gcúrsaí athbheochana ón am go rabhadar scartha le sean-aimsireacht'.

"Tá's agaibh," ar seisean leis an gcuideachtain, "go bhféadfainn leanúint orm ar an gcuma so ar feadh seachtaine agus ná beadh deireadh ráite agam an uair sin féin. Ábhar misnigh is ea an seanchas so, mar tiospáineann sé nárbh fhéidir sinn a dhísciú le haon saghas diablaíochta — agus na piseoga féin a chur san áireamh! Beidh an fhoireann le chéile freagarthach i ngach cúrsa gnótha," ar seisean ar leanúint, "agus beidh ceart le fáil ag an bpobal."

Ní raibh deireadh lena chuid cainte ansan fiú, ach thug sé óráid bhreá eile amach uaidh ar cheart na Gaeilge agus ar na neithe a bhí fós ag teastáil chun go bhféadfaí an Ghaeilge a chur in oiriúint don saol mór.

" ... Sin a bhfuil le rá agam im *chapacity* mar Uachtarán," ar seisean fé dheireadh. "Beidh na coimisiúin agus na fochoistí chughaibh aon neomat — Caidé sin adúirís? — Go bhfuil peidhre garda chughainn! — *Adjourned sine die!* — Amach libh!"

D'airíos cathaoireacha á gcaitheamh ar leataobh sa seomra taobh liom agus fuaim na mbróg ar urlár adhmaid faid a bhí an tionól ag útamáil a' d'iarraidh teitheadh. Ní raibh an t-am agam chun tuilleadh eolais a fháil i dtaobh na n-imeachtaí béal dorais dom, áfach, mar ar an bpointe sin díreach tháinig garda thar n-ais chugham agus d'oscail doras an charcair. Bhí an t-am tagaithe chun mé a chur ar mo thriail.

Níorbh fhada an t-aistear a bhí orm a dhéanamh chun dul go dtí'n tigh cúirte. Osclaíodh doras na cúirte isteach romham agus cuireadh isteach mé. Seomra dorcha ab ea é agus ba bheag troscán a bhí ann, seochas bínsí ar dhá thaobh an tseomra agus bord amháin sa chúinne. Nuair a d'fhéachas timpeall chonac triúr breitheamh in airde ar stáitse ar thaobh amháin den seomra ach ní raibh aon daoine eile le feiscint. Cuireadh in airde staighre adhmaid ansan mé, ar chúl an tseomra, agus nuair a thánas amach ag barr an staighre fuaireas mé féin ar an dtaobh istigh de bhothán adhmaid a bhí os comhair na mbreithiún amach. Bhí tuairim is fiche slat idir na breithiúin agus mé féin, ach mar sin féin nuair a d'fhéachas anonn orthu bhíodar ina suí ag bínse agus forc ina láimh ag gach duine acu. Bhí béile breá mór á ithe acu, de réir dhealraimh, agus níor thugadar aon aird ormsa nuair a thánas isteach sa bhothán ar dtúis. Fé dheireadh, áfach, leog duine acu gugaí as agus dhírigh raon a shúil ormsa.

"Ceocu agaibh a mhairbh an cat?" ar seisean.

D'fhéachas timpeall orm, féachaint an ormsa a bhí na focail dírithe, nó ar dhuine éigin eile. Ní raibh éinne eile sa seomra.

"Ceocu agaibh a mhairbh an piscín cait?" arsa breitheamh eile den dtriúr, agus bhuail sé buille den bhforc anuas ar an bpláta os a chomhair. Dhein sé smidiríní dhe.

"Gabhaim pardún, a thiarnaí breithiúin," arsa mise mar fhreagra, " ach ní thuigim focal dá bhfuil á rá agaibh."

Ba léir nách raibh aon choinne acu leis an bhfreagra san, agus baineadh geit astu. D'fhéachadar ar a chéile ar feadh neomait agus ansan leogadar uathu na sceana agus na forcanna agus chuir crot orthu féin. Phlaoscadar ina seasamh ansan, ar aon tsiolla, agus phleancadar anuas an staighre fé mar a bheadh púca sa tóir orthu. Phlaoscadar suas an staighre eile chugham-sa ansan, agus ba dhóigh leat gur paca diabhal ab ea iad. Rugadar greim ormsa ina dhiaidh san agus síos an staighre arís leo, gan sos gan stad. Anuas leo agus anuas liomsa ina ndiaidh, ach níor leogadar dom mo chosa a úsáid, ach mé tharrac anuas agus mo thóin ag pleancadh ar an uile choiscéim den staighre. Nuair a thánamair go bun an staighre chuireadar im shuí mé ar chathaoir agus chruinníodar timpeall orm, stól fén duine acu.

"An cat," arsa duine acu liom. "An cat, an cat. An dtuigeann tú an méid sin?"

"Mí-á-ú-! Mí-á-ú!" arsa duine eile acu, a d'iarraidh fuaim an chait a chur in úil dom. "Mí-á-ú!" ar seisean arís. "Cat, tá's agat."

"Marbh!" arsa an tríú breitheamh, agus tharraing sé méar trasna an scornaigh air féin. "Glíocsam glíocsam," ar seisean.

"*Kaput!*" arsa duine eile acu arís, mar thaca lena raibh ráite ag an bhfear eile. "Marbh!"

"Ceocu agaibh a mhairbh é?" arsa an chéad fhear arís, agus chaith sé é féin síos ar an urlár ag déanamh aithrise ar chat go mbeifeá tar éis buille sluasaide a thabhairt air.

"Ceocu agaibh a mhairbh é?" arsa an bheirt eile ansan, agus dúradar arís is arís eile é i dtriúr ionnas gur cheapas go raibh scata cearc sa seomra leo. Leanadar ar aghaidh ar an gcaoi sin ar feadh uair an chloig dom cheistiú agus an uile cheist á cur i bhfoirm aisteoireachta acu, agus ní fheaca aisteoireacht riamh mar é, mar le cruinneas agus gliceas.

Thugamair tamall mar sin a d'iarraidh cúrsaí a iniúchadh ach níorbh fhearrde sinn é. Fé dheireadh, áfach, chuireadar stop leis an gceistiúchán agus chruinníodar timpeall ar a chéile, d'fhonn breithniú a dhéanamh ar an gcás, ní foláir. Chromas féin ar bheith ag cuimilt an ústa a cuireadh ar mo thóin nuair a scairteadh amach as an mbothán ag barr an staighre mé. Thug an triúr breitheamh deich neomat ag líreac a méaranta a d'iarraidh teacht ar réiteach na faidbhe, ach ní raibh ag teacht leo. Fé dheireadh tháinig duine acu sa treo orm agus d'fhiafraigh sé dhíom an rabhas riamh sa Chúigiú Díochlaonadh.

"Ní fheadar," arsa mise, á leogaint orm ná rabhas lántuisceanach ar a raibh ráite aige. "Sé mo thuairim láidir ná rabhas ar an saol in aon chor an uair sin. D'airíos teacht thairis, áfach, cúpla uair."

"D'airís, an ea?" ar seisean liom agus d'fhill sé thar n-ais ar an mbeirt eile. Nuair a bhí fios an méid sin acu d'iniúchadar an cheist athuair (ní ba ghéire an t-am so) agus i gcionn leath uaire eile cainte thánadar ar shocrú. Ghabhadar in airde an staighre arís agus shuíodar ar an dtaobh thiar den mbínse a bhí thuas. Chrom duine acu amach os mo chionn in airde agus dúirt liom bualadh in airde an staighre eile chun go mbeinn sa bhothán. Nuair a bhí an staighre curtha dhíom agam bhí an triúr breitheamh suite os mo chomhair amach fé mar a bhíodar ag an tosach. Labhair an fear ceannais amach ós ard ansan agus dhírigh caint shollúnta orm.

"A Cheannaí Laoghaire," ar seisean, "buachaill fuinte fáiscithe is ea tú, agus tú chomh díreach le gáinne: buachaill go bhfuil rith agus lúth agus léim ann, agus triail ar gach aon chuma. Ach chuais ar strae. Tá'n tú anso os ár gcomhair anois inniu, agus bás piaire an Tí Mhóir leogtha ort. Níor leor leat plaosc an fhir bhoicht a chliubadh, ach dheinis cinnstear den gcat, leis. D'fhiafraíomair díot cad 'na thaobh ar dheinis é, ach ní bhfuaireamair aon fhreagra uait. Tá ormsa an breithiúnas a fhágaint fén mbeirt chomrádaí anso taobh liom, agus iarraim anois ar an gcéad duine acu a bhreithiúnas a thabhairt ar an gcás."

Thosnaigh sé isteach ansan ar a dhinnéar agus aird dá luighead níor thug sé ar a raibh le rá ag an mbreitheamh ar thaobh a láimhe chlé. D'fhéach an tarna breitheamh anonn ormsa ar feadh neomait gan focal a rá, agus ansan dhírigh sé ar an gceist a bhí roimis. Nuair a mheas sé go raibh an breithniú déanta ar a thoil aige dúirt sé:

"Im thuairimse, tá'n coirpeach so ciontach amuigh a's amach cheana, ach má ráiníonn, tré mhí-ádh, ná fuil sé ciontach sa chúrsa so is comhartha dearfa é go bhfuil sé neamhchiontach."

Leis sin bhain sé an corc amach as buidéal biotáille nó

109

pórtair agus shuigh siar sa chathaoir chun an dí a ól. Leag an fear ceannais uaidh an scian agus an forc ar feadh neomait agus dhein deithneas chun na feola ina bhéal a chaitheamh. Nuair a bhí sé réidh leis an mbia dúirt sé go sollúnta go raibh cúrsaí go maith agus ná rabhadar go holc. Ansan d'iarr sé ar an mbreitheamh ar thaobh na láimhe deise a bhreithiúnas a thabhairt. Níor chuir an tríú breitheamh acu aon am amú, ach dhírigh isteach láithreach ar an obair.

"Is oth liom go mór," ar seisean, "mo chara uasal agus mo chomhdhalta a bhréagnú. Tá an coirpeach so neamhchiontach fós, im thuairimse. Ach má tá go mí-ádhmharach ná fuil sé neamhchiontach, fé mar adeirim, is comhartha follas é sin go bhfuil sé ciontach."

Ní dúirt sé focal eile ina dhiaidh san, ach bhain dhá phaca cártaí amach as póca íochtarach agus dhírigh ar tigín cártaí a thógáil ar an mbínse os a chomhair. Chuir an breitheamh ceannais uaidh an pláta a bhí aige agus ghlan a mhéaranta ar an gclóca dubh a bhí uime.

"Phreab smaoineamh isteach i m'aigne anois díreach," ar seisean.

"Scaoil chughainn é," arsan'n breitheamh ar dheis.

"Ní raibh ach á rá go raibh sé ann," arsa an fear ceannais thar n-ais. D'fhéach sé anonn ormsa ansan.

"A Cheannaí Laoghaire," ar seisean, "drochphiolla is ea tú, agus caithfear smacht a chur ort. Fuairis do sheans ach níor ghlacais leis. Ceapann daoine go gcaithfidh an púca an seana-chorp a leanúint i gcónaí, ach dá mhéad pléascáin a bhíonn acu ní bhainfaidís bearna as an bpúca. Ní bhíonn sprid ná púca riamh ná go mbíonn fios a chúise féin aige, a bhuachaill, agus tabhair fé ndeara gan é sin a dhearúd. 'Bliain le duine agus bliain ina choinnibh' a

déarfadh daoine fadó. An té go mbeadh an saol ag
gabháil ina choinnibh deirtear nárbh fhearr rud a
dhéanfadh sé ná an méad ba mhó ab fhéidir leis a bhaint
as an anachainn. Ní rabhais sásta san a dhéanamh, áfach,
agus a chonách san anois ort! Níl ormsa anois ach tú a
dhaoradh chun do chrochta taobh amuigh den chúirt seo,
agus ná dearúd do chuid paidreacha!"

CAIBIDEAL A DÓDHÉAG

Sciobadh amach as an mbothán láithreach mé, ach sara gcailleas radharc ar an dtriúr breitheamh istigh chonac go rabhadar ina gcodladh sáimh. Nuair a thánas amach fé sholas geal na gréine arís bhíos ar cúl tigh na cúirte agus rugadh timpeall an chúinne mé mar a raibh an chroch á hullmhú. Seastán mór adhmaid ab ea an chroch agus ba mhaith an chóir í chun na hoibre. Bhí airde fiche slat inti, déarfainn, agus í comhfhaid, comhleithead. Adhmad greanta a bhí inti ó bhun go barr agus ba ghleoite an túrnáil a bhí déanta ar gach taobh di. Ach mar bharr ar gach slacht bhí rothaí fúithi. Ba dhóigh le duine gur trucail nó cairt mhór a bhí inti. Ba léir ná rabhthas chun doras a oscailt fúm in airde ar an stáitse, mar ba ghnáthach, ach go raibh ceapaithe acu an chairt ar fad a bhaint amach fúm agus mé a thiomáint in airde sa spéir ar chrann adhmaid a bhí ag síneadh suas ó cheartlár na croiche.

Tháinig firín beag tanaí amach as tigh na cúirte agus feistí dubha ó bhun go barr uime. Fear an chrochta ab ea é. Bhreithnigh sé an déantús agus scrúdaigh an t-inneall go mion. D'ól sé cúpla piúnta dó féin ansan agus d'fhill thar n-ais ar thigh na cúirte.

Bhí garda mór groí ina sheasamh taobh liom anois, ag faire orm agus ag tabhairt aire dhom, agus nuair a chonaic sé ag féachaint ar an ndéantús uafásach mé dhírigh sé ar bheith a' d'iarraidh m'aird a bhaint ó raon mo shúil.

"Bíodh geall," ar seisean liomsa, "ná feadairís conas mar a tháinig an chéad chairt go hÉirinn."

D'fhéachas air, agus d'fhéachas anonn arís ar an bhfomarach adhmaid os mo chomhair.

"Ní fheadar, muise," arsa mise mar fhreagra, "marar tugadh isteach de luing uair éigin í."

"Níor tugadh, ná de luing!" ar seisean go searúsach. "'Neosad duit conas mar a tugadh isteach í. Fear a bhí ann agus thug na slua sí leo go hAlbain é, pé gnó a thug ann iad. Bhí hata sí ag gach duine den tslua agus chomh luath agus a chuireadar na hataí orthu féin dúirt gach duine acu '*Fly away hat!*' — agus b'iúd chun eitil leo, ar nós an éin, tríd an aer! Bhí hata fachta uathu ag mo dhuine chomh maith agus an túisce a dúirt sé na focail céanna tógadh suas san aer é agus níor thúirling gur leog sé cos ar thalamh thirim na hAlban. Bhí san go maith agus ní raibh go holc. Foghail a bhí ar bun ag na slua sí an oíche úd agus theastaigh cabhair an fhir seo uathu chun í chuir i gcrích. Pé ní a tharla, áfach, nár beireadh orthu sa bhfoghail! As go brách leis na slua sí agus d'fhágadar mo dhuine i ngreim ina ndiaidh. Comáineadh triail air lárnamháireach, ciontaíodh é agus daoradh chun a chrochta é. Ar chairt a bhíothas chun é a chrochadh, agus crochfaí gan dabht é mara mbeadh gur chuimhnigh sé ar an hata draíochta a bhí ar a cheann aige. Nuair a cuireadh lúb na cnáibe féna mhuineál tugadh neomat dó chun paidir a rá. Bhí a phaidir féin aige sin! — '*Fly away hat!*' ar seisean, agus a dhuine na n-árann, tógadh láithreach leis féin agus leis an gcairt in airde san aer agus níor stadadar riamh ná choíche gur bhaineadar talamh na hÉireann amach!"

113

Níor fhéadas gan gháire a dhéanamh tar éis an scéil sin, cé nách raibh mórán cúise agam chun gáirí ag an neomat céanna, agus mé ar tí mo chrochta. Ní raibh aon hata agamsa, ná hata draíochta, agus nuair a chomáinfí an chairt amach fúm ní bheadh mar chóir iompair agam ach córda na croiche.

Tháinig fear an chrochta amach as tigh na cúirte arís tar éis tamaill agus ba léir air go raibh sé leath-bháite ag an ól. Dhein sé comhartha don gharda a bhí taobh liom agus rug seisean leis in airde ar dhréimire mé, in airde ar an gcairt. An fhaid a bhíos im sheasamh in airde ar an stáitse bhí an fear dubh ag ullmhú chun gnótha — canna ola ina láimh aige agus é ag dul ó roth go chéile ar an gcairt, ach ba mhó ola a chaith sé ar an dtalamh ná ar na rothaí. I bhfad uaim bhíos ábalta díon an Tí Mhóir a dhéanamh amach, ach b'in a raibh le feiscint den tigh sin, mar bhí na crainn idir mé agus an chuid íochtarach de. Bhíos ag cuimhneamh ar chúrsaí na hoíche sin fadó, nuair a thit na nithe uafásacha san go léir amach.

"An fear pósta tú?" arsa an garda liom, ar mhaithe le comhrá, is dócha. Chrothas mo cheann, á chur in úil dó ná raibh.

"Is fadó riamh a phósas-sa," ar seisean, "agus b'é an spré a bhí ag an mnaoi dhom ná bóthar an chóiste siar amach go Cill Mhuire agus an bóthar ó thuaidh go Tuatha Luachmhara."

Níor thugas aon aird air, ná níor dheineas aon ní den chaint aige, ach bhíos ag cuimhneamh ar an dTigh Mór. Níl fanta de chaisleán an fhir mhóir úd inniu ach roinnt chloch. Ní buan an caisleán féin. Ach bhí an baile ann, agus bhí muintir an bhaile ann, agus dá mairidís inniu gheobhainn tharsu chomh ciúin leis an luich, mar riamh im shaol ní fheaca aon treabhchas daoine mar iad. Sara rabhas as mo chuimhneamh, áfach, mhothaíos mé féin ag éirí in airde sa spéir agus greim an chórda ag daingeanú timpeall an scornaigh orm. Comáineadh in airde sa spéir mé agus chonac an Tigh Mór ar fad ar feadh neomait. Chonac an baile, leis, ar an dtaobh eile cnoc, agus daoine ag siúl an bhóthair i lár ann. Ach b'in a raibh ann, mar ní bhíonn cuntas ag éinne ach ó inné go dtí inniu. Níl a dtásc ná a dtuairisc anois ann, ná níl aon phioc le feiscint ann, i gcruthúnas duit ná bíonn in aon ní ach seal.

CRÍOCH